분홍
손가락

분홍
손가락

김경해 장편소설

㈜자음과모음

*

"사람은 열여섯 살에서 스무 살 사이에 인격이 만들어진다."

엄마의 오래된 책장을 뒤지다가 떨어뜨린 책에는 그런 문장에 밑줄이 쳐 있었다.

고3인 나에게는 인격이 아니라 돈이 필요하다.

돈이 있어야 인격은 품위 있게 만들어진다.

안녕, 자율 학습!

이젠 봄인지 하늘도 맑고 푸르고 어디선가 꽃가루도 흩날려 온다. 그러면 뭐하나. 젠장, 이제 고3이고 자율 학습 때문에 학교에 밤늦도록 처박혀 있어야 하는데.

오늘은 이사를 하는 날이다. 나는 집으로 가는 버스를 검색했다.

금방 버스가 왔다. 사람들이 별로 없었다. 맨 뒷자리 창가 쪽에 앉았다.

매일 일찍 이렇게 집으로 가면 좋겠다. 어차피 자율 학습 시간에는 잠을 잘 게 뻔하다. 그럴 바에야 집에 와서 편히 자고 드라마도 보고 그게 훨씬 더 효율적이 아닌가. 더군다나 요즘엔 재미있는 게 너무 많다. 요일별로 드라마를 챙겨 보다 보면 일주일이 훅 지나갔다.

'뭐야?'

나는 창으로 얼굴을 바짝 들이밀었다. 버스는 군부대까지 지나 쳤다. 새싹이 파릇파릇 돋는 벌판이 보이는 시골이었다. 버스는 계 속 달렸고, 버스 안에는 나 혼자였다.

"학생, 다 왔어. 여기가 종점이야. 내려."

기사 아저씨 말에 얼른 가방을 들고 내렸다.

세 동짜리 아파트 단지가 바로 앞에 있긴 했다. 시간상으로는 시내에서 얼마 걸리지 않지만 허허벌판에 아파트 세 동만 달랑 있 었다.

엘리베이터를 타고 7층에서 내렸다. 복도식 아파트였다.

현관문을 활짝 열어놓은 채 가스오븐레인지가 나와 있는 집으로 갔다. 엄마 아빠 목소리가 다 들렸다.

"저거 뭐할 건데? 보기도 싫다고!"

"왜 버려? 얼마 주고 산 건데. 나중에 피아노 배울 거라니까."

푸시시한 파마머리, 다크서클.

더 초췌해진 엄마가 그렇지 않느냐고 눈짓을 보냈다. 난 피아노 라면 징글징글하다.

"문창과, 어때?"

이사 온 첫날의 저녁 메뉴로 탕수육과 짜장면이 아니라 라면과 김밥을 먹여놓고는 엄마가 말했다.

"뭔 소리야?"

짜증이 나서 말했다.

"대학은 가야 하잖아?"

엄마의 목소리가 비장했다.

"헐!"

기가 막혀서 할 말이 없었다.

"대학 가면 등록금은? 난 대학 가고 싶은 생각은 없어."

진짜였다.

"갈 수는 있고?"

엄마가 마녀처럼 말했다.

지금의 내 성적으로는 아마 지방의 들어보지도 못한 대학의 새로 생긴 학과는 갈 수 있겠지만…… .

나도 사회가 어떻게 돌아간다는 것쯤은 안다. 대학을 나와도 별수 없다는 걸 잘 알고 있다. 바로 앞에 있는 엄마 아빠만 봐도 그렇다. 서울에 있는 대학의 법학과 출신인 아빠는 백수가 됐고, 교육과 출신 엄마도 내일부터는 일자리를 찾아야 한다.

"문창과 입시 학원이 있대. 합격률도 좋아. 보내줄게."

엄마 목소리가 진지했다.

학원이라는 말에 딱 떠오르는 게 있었다.

자율 학습.

자율 학습을 빠질 수 있다.

"한번 해봐."

엄마는 내가 초등학교 때 받은 상을 얘기했다. 밀린 일기를 거침없이 쓰던 것까지 끄집어냈다.

솔직히 초등학교 때 글짓기 상 한 번 못 받아본 사람이 어디 있을까. 내가 특별히 많이 받은 것도 아니고, 난 그저 평범했을 뿐이다. 단지 나는 내가 재미있는 얘기를 썼다. 내가 싫어하는 사람은 죽였다. 죽으면서 나한테 잘못한 것을 뼈저리게 후회하게 했다. 신데렐라가 되는 얘기도 썼다. 어느 날 자고 일어났더니 내 집이 아니라 궁궐이나 재벌 집 안방에 공주로 있더라는 환상적인 얘기가 단골 소재였다. 그런 얘기를 쓸 때는 신이 났다.

"진짜 학원에 보내줄 수 있어?"

현재 우리 집이 얼마나 가난한지 잘 알고 있어서 다소곳이 물어봤다.

"그럼, 보내줄 수 있지."

12

옆에 있던 아빠가 거들었다.

난 그들, 엄마 아빠 표정을 봤다. 그들에게는 미안함이 있었다.

"오늘도 또?"

담임이 물었다.

고3이 자율 학습을 빼먹는 것은 벌써부터 제 인생을 말아먹겠다는 생각이 아니면 있을 수 없는 일이라고 여기는 늙은 남자. 일 년 동안 저 남자의 잔소리와 눈총을 받아야 하다니, 한숨이 나왔다.

엄마와 만날 약속 시간에 맞추기 위해서 뛰었다.

전철역에 서 있는 낯선 여자. 머리를 풀어헤치고 바바리를 걸쳐 입은 촌스러운 여자가 손을 들었다.

엄마와 나는 지하철을 타고 합정역에서 내렸다. 엄마는 주소가 적힌 메모지를 들고 걸었다. 길가 양쪽으로는 작고 분위기 있는 카페가 쭉 이어져 있다.

조그만 테이블, 마주 앉은 연인들. 노트북을 들여다보고 있는 젊은 남자와 단발머리의 여자. 노트북을 가지고 저렇게 폼 나게 앉아서 글을 쓰고 싶다는 생각이 들기도 했다.

모퉁이 카페 건물 3층. 세련된 인테리어를 한 학원이 일단 마음에 들었다. 단지 고도를 기다리며,라는 학원 이름은 별로였다.

문을 열고 들어가자 바로 옆 강의실에 내 또래의 아이들이 커다란 테이블을 사이에 두고 앉아서 수학 문제라도 푸는지 뭔가를 열심히 쓰고 있었다.

엄마는 가만히 있지를 않고 정수기 옆, 티 박스에서 커피믹스가 아닌 녹차 티백을 꺼내서 물을 부었다. 어디를 가더라도 공짜로 커피믹스를 먹을 수 있으면 꼭 타서 먹는 엄마의 저 거지 근성은 말릴 수가 없다. 하지만 오늘은 녹차가 든 종이컵을 들고 얌전히 앉아 있다.

원장이라는 남자가 왔다.

뱃살이 하나도 없이 마른 남자. 가느다란 뿔테 안경에 푸른색 카디건에 진 바지를 입은 사십대 초반의 남자는 작가 분위기가 났다.

"안녕하세요?"

원장의 목소리가 너무 작았다. 원장은 소파에 앉자 명함을 꺼내서 엄마에게 건넸다. 엄마는 명함을 받아서 들여다보고는 고개를 들지 않았다. 엄마는 계속 아무 말도 없이 명함만 들여다봤다.

왜 이렇게 매너가 없는지, 나는 테이블 아래에서 발로 엄마를 툭 찼다. 나를 돌아보는 엄마의 얼굴이 굳어 있다. 잔뜩 주눅 들고 풀이 죽은 엄마.

엄마가 다시 고개를 돌려서 원장과 눈이 마주치는 순간, 뭔가 묘

했다. 난감한 표정으로 바로 눈을 내리까는 엄마. 거기에 비하면 원장은 그저 담담하기만 했다.

딸의 입시 학원에 와서는 정신 줄을 놓은 엄마.

내가 대신 상담할 수는 없지 않은가.

나는 다시 한 번 발로 엄마를 툭 쳤다.

"그러면…… 지금이라도 다닐 수 있는 거예요?"

기가 막혔다. 상담도 받아보지 않고 무조건 다닐 수 있냐고 물어보는 엄마가 제정신이 아닌 건 확실했다.

"네, 잠깐만요."

원장이 자리에서 일어났다.

엄마는 계속 고개를 숙인 채 빈 종이컵만 꼭 쥐고 있다. 평소의 엄마라면 이런 타임을 포착해서 무슨 말인가 했을 게 뻔하다. 원장의 인상과 학원의 분위기와 아이들의 수준을 자기 기준에 맞춰 평가했을 테지만 지금은 말이 없다.

우리를 앉혀놓고 원장은 뭔가를 프린트 해 와서 내밀었다. 여기학원 출신들의 대학교 진학 현황이었다. 서울에 있는 학교들이 다 있다. 어떤 대회에서 무슨 상을 받았고, 몇 개의 대학을 동시에 합격했고, 그중에서 어느 대학으로 진학했는지도 나와 있었다. 내신이 몇 등급이었는지도 같이 표시돼 있었다.

어쨌든 내신은 나보다 다 높았다. 공부를 잘하는 것들이 글도 잘 쓰다니, 정말 세상은 불공평하다.

"내신 등급도 높네요."

"내신이 전혀 필요 없는 학교도 있습니다. 수상 실적으로 가는 특별 전형 같은 경우에는 내신은 들어가지 않습니다."

귀가 번쩍 뜨였다.

나한테 딱 맞는 학교였다.

명함에 시인이라고 돼 있는 원장은 이런 질문에 너무 익숙했는지 미리 준비를 한 것처럼 차분한 목소리로 읊었다. 너무 많이 반복돼서 진정성이 보이지 않는 그런 목소리다.

원장은 수요일과 금요일에 수업을 하는 수금반에 정원이 아직 미달이라서 들어갈 수 있다고 했다.

"정원이 거의 차서 등록을 하려면 빨리 해야 됩니다."

원장의 마지막 인사는 좀 실망스러웠다.

다시 되돌아 나오는 길거리, 밤이 깊어서 그런지 카페의 불빛이 유혹적이다.

"커피 마시고 갈까?"

엄마가 조심스럽게 묻는다.

"정말?"

엄마는 고개를 끄덕이고 앞장섰다.

이제부터 열심히 하라는 뜻으로 커피까지 쏜다는 걸까.

엄마는 카운터 앞의 메뉴를 보고 우물쭈물하다가 아메리카노를 주문한다. 나는 녹차라테를 골랐다.

"엄마 오늘 어때 보여?"

엄마의 질문이 내 예상을 빗나갔다. 엄마는 내 미래에 대한 중대한 의논을 하는 게 아니라 자기를 검토해달라고 했다.

솔직히 대답하면 엄마 성격에 벌컥 화를 낼 게 뻔했다.

"응…… 괜찮아."

나는 눈치가 빠른 여자다.

"정말이지?"

엄마는 몹시 안도하는 표정이 됐다.

옷도 옷이지만 엄마는 화장을 정말 못한다. 번쩍대는 파운데이션 위에 파우더를 좀 발라서 기름기도 없애고, 검정 아이라인으로 눈매도 살리고, 마스카라로 눈썹도 풍성하게 하고, 입술도 붉은 기가 도는 색을 바르면 그래도 좀 나을 텐데.

엄마는 아직도 청순함을 지향하는 화장을 한다. 엄마는 오로지 피부의 결점을 감추는 데에 초점을 맞추고 입술에는 립글로스를 바르는 수준이다. 그러니 더 나이 들고 초라해 보인다.

"내일 당장 등록해야 할 텐데……."

엄마가 깊은 한숨을 쉬었다.

집으로 돌아오는 지하철 안에서 엄마는 정신이 나간 사람처럼 보였다. 창밖을 바라보는 엄마가 그렇게 깊은 생각에 잠겨 있는 건 처음이었다.

집으로 돌아오자마자 엄마는 옷도 벗지 않고 컴퓨터 앞에 앉았다.

"뭐 해?"

엄마 등 뒤에서 화면을 들여다보자 엄마는 손으로 화면을 가리면서 못 보게 했다.

"왜 그래?"

엄마가 신경질적으로 화를 냈다.

얼핏 본 화면은 오늘 가본 학원의 홈페이지였고 원장님의 사진이 살짝 보였다.

"내일 학교 가려면 얼른 씻고 잠이나 자!"

엄마가 너무 화를 내서 얼른 화장실로 들어갔다.

어제 학원까지 다녀오느라 피곤해서 학교에서는 점심 먹을 때를 빼고는 비몽사몽이었다. 자율 학습 시간에는 침까지 흘리며 숙면을 취했지만 그래도 몹시 피곤했다.

집으로 오는 버스에서는 마음 놓고 푹 잤다. 종점이라서 좋았다.

"학원 등록했어."

현관에 들어서자마자 엄마가 비장하게 말했다.

"어? 정말?"

엄마가 나를 위해서 이렇게까지 하다니 좀 놀랐다.

엄마는 나한테 몹시 인색한 사람이었다. 오로지 두 살 위 오빠한 테만 정신적 사랑과 금전적 지원을 아끼지 않는 사람이었다. 나한 테는 그야말로 팥쥐 엄마였다.

웬일이래?

이 말이 튀어나올 뻔했지만 엄마의 사나운 성질을 건드리지 않 기 위해서 입을 닫았다.

얼른 내 방으로 들어왔다.

아싸.

이제 자율 학습은 안 해도 되는구나.

이보다 더 좋은 일은 없었다.

그런데 무슨 돈으로?

섹시한 글쓰기

아침에 일어났는데 엄마가 없었다.

"엄마 어디 갔어?"

아직까지 이불 속에서 자고 있는 아빠에게 물었다.

"몰라. 없어?"

아빠가 나보다 더 놀랐다.

엄마가 아침부터 어딜 갔을까.

괜히 신경이 쓰였다.

"축하해."

학교에 가자 보경이가 부러워 죽겠다는 표정을 지었다.

"나도 미용 학원 등록할까?"

보경이가 진지하게 물었다.

"철 좀 들어 봐. 곧 유학 갈 거면서 무슨 미용 학원."

집이 아주 잘사는 보경의 부모는 국내의 시시한 대학을 갈 거면 미국으로 유학을 보낸다고 했다. 지금으로 봐서는 아마도 졸업과 동시에 갈 듯싶다.

보경이는 나처럼 공부에 전혀 관심이 없었다. 하지만 그림은 잘 그렸다. 미대를 갈 만한 실력이 아니라 손톱에 그리는 그림을 아주 잘 그렸다. 작은 손톱 안에 참 많은 걸 그렸다.

네일 아티스트. 보경이가 원하는 직업이다. 하지만 커다란 식당을 세 개나 가지고 있는 그 집 부모들은 박사 학위를 따서 교수가 되어야 한다고 했다. 보경이가 제일 친한 베프이긴 하지만 그건 정말 이룰 수도 없고 이루어져서도 안 되는 거였다.

나는 부자 부모를 둔 보경이가 부러웠다. 내가 보경이라면 저렇게 딴짓 안 하고 열심히 공부할 거 같기도 하다.

솔직히 우리 집 형편에는 내가 대학을 간다 해도…….

생각만 해도 우울했다. 대단한 대학도 아닌데 비싼 학비를 주고 다니고, 졸업과 동시에 그 학비를 갚기 위해 취직해서 돈을 벌고…… 생각만 해도 음울하고 아찔했다.

난 좀 현실적인 여자다. 우리 집이 점점 가난해졌고 그래서 좀 일찍 철이 들었다. 그런 걸 잘 알면서도 생각지도 않았던 문창과를 간다는 게…… 더군다나 돈도 없는데 비싼 학원비까지 내가면서…….

나보다 백만 배는 더 현실적인 엄마가 갑자기 왜 이런 생각을 했는지 모르겠다.

오늘 아침에는 도대체 어디를 간 걸까.

문자를 보냈건만 아직까지 답장도 없다.

"아, 너무 힘들다."

엄마가 신발을 벗으며 현관에 주저앉았다.

"어디 갔다 와?"

부리나케 뛰어나갔다.

"오늘부터 일해."

피곤에 찌든 엄마는 십 년은 더 늙어 보였다.

"어디서?"

"몰라도 돼."

엄마는 대답을 안 하고 안방으로 들어갔다.

"어디 다니는데?"

옷을 갈아입는 엄마를 쫓아 들어갔다.

"학원 갔다 왔어?"

엄마가 물었다.

"응…… 내일부터 가면 돼."

"열심히 해."

"알았다고. 근데 엄마, 어디 취직했는데?"

"나 신경 쓰지 말고 너나 잘해. 참…… 원장님이 뭐래?"

엄마가 내 얼굴을 빤히 쳐다봤다.

언제나 모나리자 같은 미소를 품고 있는 원장님은 특별한 말이 없었다.

"열심히 하래."

"정말?"

엄마는 그게 뭐 대단한 말이라고 감격한 듯했다.

일찌감치 침대에 누워서 책을 들었다. 어쨌든 책도 열심히 읽어야 했다. 좁은 거실을 차지하고 있는 책장에서 책 하나를 뽑아 왔다.

무슨 책을 읽어야 할지 몰라서 남들이 다 명작이라고 하는 세계 문학 전집 중에서 하나를 빼 왔다. 하지만 한 페이지도 넘기기 힘들었다. 졸리기만 했다.

책을 집어 던지고 대신 핸드폰을 들었다.

그때 카톡이 왔다. 초딩 친구였다.

— 안녕, 친구들!!!

— 이 밤에 벌써 잠든 건 아니겠지……

— 잠자기 전 5분 독서!

— 뭔 말이냐면 웹 소설 공모전에 참여 중.

— 그러니까 친구들의 관심이 필요함.

— 관심작품 등록하고 좋아요, 댓글을 마구마구 써주길!!!

그리고 그 아래 링크가 있었다.

링크를 눌러 들어갔다.

"에잇!"

욕이 나왔다.

로맨스 공모전에 자기 중딩 시절 연애담을 써놨다.

유치하고 유치했다.

그러다 다른 웹 소설을 발견했다. 무료로 보는 게 많았다.

순식간에 5화까지 보게 됐다. 그 다음은 유료였다.

어찌할까 고민됐는데 궁금해서 결제를 안 할 수 없었다.

에라 모르겠다.

핸드폰 결제를 했다.

엄마가 알게 돼도 어쩔 수 없었다.

엄마가 뭐라고 하면 나도 할 말이 있다.

이것도 공부라고.

소위 글이란 게 재밌고 효용가치가 있어야 하며…… 또 돈이 돼야 하는 거야.

로맨스 소설을 끝까지 순식간에 읽었다.

돈이 아깝다는 생각이 들지 않았다.

또 읽고 싶지만 그만 자야 내일 아침에 일어나서 제 시간에 학교에 갈 수 있을 거였다.

"정말 다닐 수 있어?"

잠결에 아빠의 목소리가 들려왔다.

"그럼 어떡해? 이번 달은 차 판 돈으로 냈지만…… 다음 달부터는……."

차를 팔다니…….

10년 넘은 고물차를 말도 없이 팔았다.

내 학원비와 바꾼 고물차.

감동이 아니라 짜증이 났다.

"그래도 공장 일은 아무나 하나?"

"할 수 없지. 일단 다니면서 다른 데 알아봐야지. 그래도 월급 제 날짜에 따박따박 나오는 게 어디야?"

엄마 말이 끝나기 무섭게 아빠가 한숨을 길게 내쉬었다.

"미안해. 내가……."

"됐어. 제발 가만히 있어. 이제 사업이니 가게니 그딴 소리 해봐. 끝이야!"

"알았어."

아빠의 목소리에 기운이 없었다.

"라인 타는 거 뭔 줄 알아?"

엄마의 목소리가 슬퍼졌다.

"가만히 서 있으면 받침대에 구멍이 있는 라인이 돌아가서 내 앞에 와. 그러면 재빨리 핸드폰 껍데기를 집어서 구멍에 끼워 넣는 거야. 라인은 계속 돌아가고, 그 앞에 선 사람들은 미친 듯이 끼워 넣는 거지. 한번 놓치면 계속 밀려서 다른 사람이 내 거까지 해야 돼. 그러니까 못하면 욕을 바가지로 얻어먹는 거지."

그러니까 엄마가 오늘부터 핸드폰 조립하는 공장에 나간다는 거다. 정 안 되면 공장이라도 가야겠다고 하더니 정말이었다. 야근은 일당의 1.5배를 받아서 연장을 해야 돈이 된다고 했다. 지금 들어온 걸 보면 첫날부터 야근을 한 모양이었다.

"빨간 꽃 노란 꽃 꽃밭 가득 피어도, 하얀 나비 꽃나비 담장 위에 날아도, 따스한 봄바람이 불고 또 불어도 미싱은 잘도 도네 돌아가네."

엄마가 이상한 노래를 불렀다.

"이 노래 알지?"

"그럼."

"내가 이렇게 될 줄 몰랐어!"

엄마의 목소리에 울음이 섞였다. 엄마의 울음소리가 점점 커졌다.

"나는…… 난……."

엄마가 술을 먹으면 저런 주사가 있는 줄 처음 알았다.

학원 수강증까지 받아 든 담임은 종이를 뚫어져라 봤다. 미술 학원이나 음악 학원의 수강증은 많이 봤어도 문창과 입시 학원 수강증은 처음일 것이다. 거기다 학원 이름도 '고도를 기다리며'라니.

"매일 가는 거니?"

담임이 물었다.

"네."

속으로 뜨끔했지만 티를 내지 않으려고 눈을 한 번 깜빡였다. 나는 마음만 먹으면 속마음을 절대로 티 내지 않는 여자다.

"그래. 그러면 문창과를 간다는 거지? 전혀 몰랐었네."

담임의 말이 기분이 나쁘다. 공부도 못하고 수업 시간에 잠만 자는 내게 어울리지 않는다는 뉘앙스다. 이럴 때는 참을 수 없다.

"저희 엄마가 작가세요."

나는 또 때에 따라서는 거짓말도 잘하는 여자다.

"정말?"

담임은 믿을 수 없다는 표정으로 날 올려다봤다.

"유명 작가는 아니고요…… 지금은 그냥 다음 작품 준비하고 있어요."

나는 아무래도 작가 기질이 풍부한 모양이다. 뭐든지 한 번이 어렵지 그다음부터는 쉽다는 말이 맞는 거 같다.

핸드폰 공장에 다니며 매일 야간 연장 근무를 하는 엄마는 무슨 바람이 불었는지 피곤한데도 책을 읽겠다고 엎드려 있다가는 그대로 책에 고개를 박고 잤다.

엄마와 나의 유일한 공통점.

나도 책을 펼치면 5분도 안 돼서 잠이 든다. 책은 잠이 잘 오는 신비한 약이었다.

"그랬구나. 다행이다. 그러면 너한테도 그런 재능이 있겠네."

담임은 내 인생이 비로소 구제를 받을 수 있어서 다행이라는 것처럼 말했다. 언제부터 내 인생을 걱정했는지 그 진심을 알 수 없지만 뭐, 그래도 나쁘지는 않다.

교무실을 나올 때까지 조심했다. 이제부터 자율 학습을 안 해도 된다는 기쁨을 감추기 어려워 고개를 푹 숙이고 걸었다. 복도로 나오자 나는 미친 여자처럼 혼자 양팔을 번쩍 쳐들고 뛰었다.

이제 자유다. 자율 학습이여, 안녕!

사실 학원은 일주일에 두 번 간다. 어제 학원에 갔을 때 원장님께 나는 매일 가는 거로 해달라고 했다. 원장님은 알면서도 쿨하게 사인을 해주었다.

편의점에는 내가 좋아하는 고추장불고기 삼각 김밥이 없다. 할 수 없이 참치샐러드로 샀다. 학교에서 바로 학원으로 오기 때문에 저녁은 이렇게 때워야 한다. 학원 끝나는 시간은 열 시였지만 더 늦을 때가 많아서 집에 가면 열두 시가 넘는다.

참치샐러드 삼각 김밥 마지막 조각을 먹는데 승찬이와 눈이 딱 마주쳤다.

"밥 먹냐?"

승찬이가 편의점 안으로 들어왔다.

"난 삼각 김밥 지겨워서 못 먹겠어."

"매일 먹어?"

"어떤 때는 하루 세 끼를 다 먹을 때도 있어."

"왜? 엄마가 직장 다니셔?"

"응. 우리 엄마 아빠가 편의점을 하거든."

승찬이 표정이 어두워졌다. 승찬이는 우리 반의 분위기 메이커 같은 존재였다.

"나가자."

승찬이가 손을 내밀었다.

아직 시간이 여유가 있어서 천천히 걸었다.

이제야 눈에 띄는 건물이 있었다. 사방이 통유리로 된 이 커다란 건물. 나는 걸음을 멈추고 서서 유리 건물을 올려다봤다. 사무실 풍경, 책상과 의자, 의자 뒤에 걸쳐놓은 옷까지 그대로 다 보였다.

사무실 위층에서는 음악에 맞춰 춤을 추고 있는 여자들이 보였다. 스포츠 브라에 핫팬츠만 입고 격렬하게 몸을 흔드는 소녀들.

"뭐 해?"

승찬이가 얼른 오라고 했다.

"쟤네들도 참 열심이지."

승찬이가 말했다.

"그런데 다 성공하는 것도 아니고⋯⋯."

예대 문창과 지망생.

"넌 문창과를 왜 지망하는 거야?"

승찬이가 걸음을 멈추고 얼굴을 가까이 들이밀었다.

할 말이 없었다.

그러게⋯⋯ 겨우 자율 학습을 빠지려고⋯⋯ 자동차를 판 돈으로 등록을 하고⋯⋯ 다음 달 학원비를 벌기 위해서 엄마는 공장에 나가고⋯⋯.

가슴이 답답해졌다.

"난 베스트셀러 작가가 될 거야."

갑자기 그런 말이 튀어나왔다.

내 입에서 나온 말이 나도 의외였다.

한 번도 생각해보지 않았던 거였다. 그런데도 나도 모르게 내뱉어졌다.

"정말?"

승찬이가 내 눈을 뚫어져라 바라봤다.

"나는 멋지게 살고 싶어서……."

승찬이가 말했다.

"우리 엄마 아빠를 보면…… 정말 그렇게 살고 싶지 않거든."

"편의점 하신다며?"

"아버지는 대기업에 다니다가 잘렸어. 그래서 퇴직금으로 편의점을 차렸는데…… 돈이 없어서 조그만 편의점을 차렸어. 알바생도 없이 우리 식구 셋이 하는 거야. 아빠는 야간, 엄마는 주간. 나는 틈날 때마다 땜빵으로…… 슬프게도 우리 세 식구는 한자리에 모일 수가 없어."

이 거리에서 이런 얘기를 하기에는 하늘은 너무 푸르고 봄 햇빛은 찬란했다.

"웃긴 게 뭐냐면…… 부모들에 의해서 그 자식의 인생이 정해진다는 거."

승찬이의 목소리는 수업 시간에 들었던 그 목소리가 아니었다.

"난 아빠가 매일 이른 아침에 넥타이 매고 서류 가방 들고 출근하는 것도 그리 좋아 보이지 않았어. 매일매일 그렇게 지루하게 사는 건 끔찍해. 물론 지금은 하루도 쉬지 못하고 일하는 게 더 끔찍하지만. 난 좀 더 여유롭게 살고 싶어."

승찬이의 말을 듣자 난 그런 생각을 한 번도 해본 적이 없었다는 걸 깨달았다.

난 어떤 인생을 살아야 할까.

나 역시 여유롭게 사는 인생이었으면 좋겠다.

승찬이 말처럼 그렇게 살려면…….

돈이 있어야 한다.

너무 어린 나이에 돈타령을 하는 거 같지만 나처럼 돈에 얽매여
본 사람이면 안다, 인생에서 중요한 게 뭔지를…….

수업 시간이 되자 이 학원 출신인 대학생 조교 언니가 와서 프린
트물을 나눠주었다. 우리가 숙제로 제출한 것이다. 글씨 포인트를
작게 해서 읽으려면 인상을 써야 했다.

원장님이 들어왔다.

"숙제들 하느라 수고했다. 어차피 지금 우리가 목표로 하는 건
대학 입시, 문창과 합격이니까 거기서 요구하는 것을 따라가 주어
야 하는 거야. 그러려면 먼저 안정된 문장이 우선이고, 그다음이 상
징적인 표현, 주제를 일관되게 끌고 나가는 구성과 그것을 효과적
으로 표현할 수 있는 스토리가 뒷받침돼야 하는 거지."

원장님의 목소리는 감정 없이 흘러내렸다. 학교 수업처럼 재미없
었다. 더군다나 무슨 말을 하는지 이해하기 어려웠다. 문장을 어떻

게 써야 되는지도 몰랐다. 그런데 절대로 비문을 쓰지 말라고 했다.

비문이라니, 문장이 아니라는 건가.

어떤 게 문장이 아니라는 거지. 종이에 쓰인 모든 글이 문장이 아니란 말인가.

슬쩍 다른 아이들을 봤다. 이해할 수 없다. 어렵다는 표정의 아이들은 없었다. 그런 이론적인 얘기는 다 알아요. 쓸데없는 말은 그만하고 어서 숙제로 제출한 작품에 대한 피드백이나 해주시죠, 뭐 그런 마음뿐인 거 같았다.

"수진이는 아주 잘 썼어. 이 정도면 서울에 있는 문창과는 합격권이야."

"우~."

아이들이 부럽다고 야유를 퍼부으며 수진이를 바라봤다. 수진이는 뭐 그 정도야 당연한 것처럼 별다른 반응이 없다.

"승찬이는 개성 있는 문장이 아주 강점이야. 소재도 특이하고. 만약에 문예지에 응모하는 거라면 충분히 가능성이 있어. 예대 문창과 스타일하고도 맞는 거 같고. 조금만 더 가다듬으면 돼."

아이들이 숙제로 낸 걸 대충 봤다. 다들 열심히 잘 썼다. 재미는 없지만 그래도 잘 쓴 거 같았다. 이게 왠지 찜찜했다.

잘 썼는데…… 재미가 없다?

숙제를 안 한 아이는 한 명도 없었다.

내 글에 대한 얘기가 나오기 전에 도망치고 싶었다. 유치찬란하고 더구나 맞춤법까지 엉망이었다. 다행히 내 글에 대한 평가는 아직 얼마 되지 않아서 그냥 넘어갔다. 하지만 이미 다른 아이들은 다 읽었을 텐데…….

아, 쪽팔려…….

난 고개를 숙였다.

원장님이 오늘의 주제를 말했다. 몇 년 전 어느 대학의 시험 문제라고 했다. '편의점 앞, 그가 오기 전'이라는 문장의 뒤를 이어서 써보라고 했다.

"시간에 맞춰서 쓰도록."

원장님이 강의실 밖으로 나가자 아이들은 자기 종이 위로 고개를 숙였다. 전투적인 자세였다. 적당히 수다 떨고 시간을 때우는 수업 시간과는 완전 달랐다.

편의점이라서 다행이다. 내게는 친근하고 또한 내가 좋아하는 것들이 가득하다. 조금 전 편의점에서 사 먹은 참치샐러드 삼각 김밥이 떠오른다. 어쩌겠는가. 내가 아는 얘기를 써야지.

난 정말 빨리 쓰는 건 자신 있다. 첫 문장을 썼다. 그다음은 잘 이어졌다.

갑자기 찾아온 이상한 정적.

고개를 들었다. 헐, 대박, 뭐 그런 표정으로 수홍이가 나를 바라봤다.

수홍이는 얼굴을 바짝 들이밀었다.

"왜?"

"섹시해."

"뭐가?"

"딱딱거리며 쓰는 소리가 미니스커트에 하이힐 신고 걷는 소리 같아."

평소 말이 없는 수홍이라 당황스러웠다.

"와우~."

수홍이의 말이 끝나기도 전에 승찬이는 휘파람을 분다. 헛웃음이 나왔지만 기분이 나쁘지 않다. 수학 천재라는 수홍이 입에서 나온 섹시하다는 말이 빈말은 아닐 것 같다.

"너 대단하다. 어떻게 그렇게 빨리 써? 너처럼 글씨를 따닥 따다닥 소리가 날 정도로 빨리 쓰는 사람은 처음이야."

승찬이가 말했다.

"천재야. 생각도 안 하고 그렇게 글이 막 써지게."

"아니. 그냥 생각나는 거 얼른 써버리려고. 잊어버릴까 봐."

나는 내게서 어떤 대답이 나올까 기대하는 아이들 때문에 솔직히 말했다.

"야, 쓸데없이 참견하지 말고 너네 거나 써."

수진이가 아이들한테 눈을 흘겼다.

"소리가 조금 방해되긴 하는데."

수진이가 새침하게 말했다.

나는 가방에서 노트를 꺼내 종이 아래 깔았다. 아이들은 다시 자기 종이 위로 눈을 돌렸다. 밑에 노트를 대고 쓰니까 둔한 느낌 때문에 글을 쓰는 맛이 나지 않았다.

시간이 되자 조교 언니가 들어와 종이를 걷었다. 쉬는 시간 동안 원장님은 우리가 쓴 글을 읽는다.

아이들은 화장실을 다녀오고 음료수를 마셨다. 잠보 선희와 수진이는 책상에 엎드려 잤다. 나도 그대로 엎어지고 싶지만 참았다. 내 최대 콤플렉스인 방구가 언제 나올지 몰랐다.

"우리 학원에 다닌 학생 중에 이렇게 짧은 시간에 이렇게 많이 쓴 사람은 처음이야."

원장님이 그 특유의 감정 없는 목소리로 말했다.

내 글에 대한 얘기였다.

"짧은 글에 스토리가 잘 이어졌는데 너무 드라마 같기도 해서.

재미있긴 하지만…… 묘사가 없어. 소설은 문장이거든. 이런 글은…… 묘사에 집중해서 써보도록."

나는 칭찬이라고 받아들였다. 사람은 누구나 자기가 듣고 싶은 말만 듣는다고 한다. 나는 원하는 방향으로 들으려고 하는 게 강했다. 나는 자신에 대한 얘기를 좋은 쪽으로만 받아들일 수 있는 긍정적인 여자다.

"하지만 이렇게 써서는 대학에 갈 수 없어."

머리가 떵했다. 망치로 얻어맞은 것처럼 얼얼했다.

재미있다. 그렇지만 안 된다.

이게 뭔 소리지?

"저기요……."

나는 손을 들었다.

원장님과 아이들의 시선이 쏟아졌다.

"뭔데?"

원장님의 날카로운 목소리였다.

"소설이면…… 재밌으면 되잖아요?"

"뭐라고?"

늘 모나리자 같은 표정을 짓던 원장님의 얼굴이 붉어졌다.

"여기는 그런 글…… 쓰려는 데가 아니야."

원장님이 간신히 화를 참는 게 느껴졌다.

"너, 웹 소설 얘기하니?"

옆에 있던 수진이가 얄밉게 말했다.

"그런 쓰레기 같은 건 막 휘갈기면 돼. 거기엔 문학성도 없고 수준이 좀 그렇지……."

수진이가 나처럼 수준 이하인 아이가 같이 공부한다는 게 못마땅하다는 식으로 말했다.

"요즘 대세는 추리야. 완성도 있고 문학성도 있는 추리가 얼마나 많은데."

수홍이가 수진이를 향해서 말했다.

"그래서? 지금 추리라도 쓰겠다는 말이야?"

수진이가 맞받아쳤다.

"소설이 적어도 혼자만 읽는 건 아니잖아. 누군가 재미있게 읽어 줘야 하는 거 아냐?"

수홍이가 말했다.

"그런 생각이라면 혼자 추리나 쓰지 여긴 왜 오는 거야?"

수진이가 날카롭게 말을 받았다.

"난 소설가 지망생은 아냐."

수홍이가 선언하듯이 말했다.

"그만들 해."

승찬이가 소리를 쳤다.

"뭘 하든 자기가 알아서 할 거고. 우리가 여기에 학원비를 내고 앉아 있는 건 문창과 입시를 위한 거잖아. 난 그것만 생각해. 난 뼈 빠지게 돈 벌어서 학원비 내고 있다고. 그러니까 편하게 학원비 내는 너희들하고는 달라. 시간 낭비하기 싫어."

승찬이가 냉랭하게 말했다.

"너, 처음이라서 잘 모르는 거 같은데…… 우리 수업은 합평이 아니야. 합평은 대학 가서 하든가. 여기서는 원장님의 피드백만 받는 거야."

승찬이가 말을 마치고 자리에 앉았다.

나는 숨도 제대로 쉴 수가 없었다.

돌아오는 지하철 안에선 피곤했지만 잠이 오지 않았다. 아무래도 문창과를 가기는 어려워 보였다. 뭐 꼭 가고 싶다는 것도 아니다. 굳이 비싼 돈을 들여 학원을 다니면서까지 문창과를 가고 싶지 않다. 더군다나 난 그런 재미없는 글은 쓸 수도 없고 쓰고 싶지도 않다.

잠도 오지 않고, 잡생각을 떨치기 위해 핸드폰으로 웹 소설을 찾아 읽었다. 내 취향은 로맨스다. 아직 남친 한번 사귀어보지 못한 모태솔로지만 로맨스를 읽으면 가슴이 콩닥콩닥 뛰었다.

아쉬운 것도 있었다. 여주들이 너무 비현실적이었다.

꼭 그렇게 예뻐야 하나?

더군다나 그 비서라는 여주는 고등학교를 졸업하고 젊고 잘생긴 회장의 비서로 들어갔는데, 모든 게 완벽했다.

나의 절친 보경이는 오래도록 사귄 남친이 있다. 보경이는 나보다 몸무게가 더 나가고 눈도 작다. 수능이 끝나면 제일 먼저 쌍수를 한다는 계획이지만 남친은 극구 반대라고 했다. 작은 눈이 더 사랑스럽고 개성이 있다나.

그렇게 눈에 콩깍지가 씌면 답이 없는 거다.

원장님이 이번 주에 내준 숙제들. 또 글을 써서 카페에 올려야 한다.

나는 묘사가 뭔지도 모른다. 그냥 로맨스를 쓰고 싶다.

현관문을 열자 컴퓨터 앞에 앉아 있던 아빠가 얼른 마우스로 화면을 껐다.

"뭐 해?"

"아니, 그냥."

아빠 입에서 소주 냄새가 났다. 컴퓨터 앞에 소주병과 잔, 김치가 있다.

"아, 짜증 나."

나도 모르게 말이 나왔다.

"왜? 무슨 일 있어?"

아빠가 물었다.

"몰라. 짜증 나."

나는 아빠를 보면 짜증이 났다.

매일 저녁마다 소주 한 병씩을 마셔야 하는 아빠의 일상이 지겹다. 엄마의 갖은 구박에도 꿋꿋이 저녁마다 집으로 돌아오는 길에 검은 비닐봉지에 소주 한 병을 달랑거리며 들고 오는 아빠의 초라한 귀가. 이제는 마음대로 카드를 쓸 수도 없고 돈도 없는 아빠.

아빠가 소주 쟁반을 들고 일어나서 치우고는 슬그머니 방으로 들어갔다. 아빠의 체온이 남아 있는 의자에 앉으니까 불쾌했다.

마우스를 클릭했다.

아빠가 보고 있던 건 구직 사이트였다.

한 번 더 클릭했다.

아빠의 이력서와 자소서 쓴 게 있었다.

대기업에 다니다가 명퇴를 당하고, 퇴직금으로 사업이라고 가게를 하다가 번번이 망해버린 아빠. 아빠가 회사에 다니던 초등학교 시절은 행복했다.

나는 우리 집이 이렇게 가난해질 줄 몰랐다. 거기다가 오빠 때문에 더 추락했다. 바이올린을 하는 오빠에게 들어가는 돈. 예고까지 다녔던 오빠. 예술은 아무나 하는 게 아니다.

"오늘 어땠어?"

잠을 자던 엄마가 방에서 나왔다.

"원장님이 뭐래?"

자다가 깼는데도 엄마 눈이 반짝거렸다.

빨간 스포츠카

"배고프다. 우리 뭐 먹고 가자. 내가 쏠게."

수진이가 학원 계단을 다 내려와서 말했다.

"원장님 차네."

승찬이가 앞에 있는 빨간색 스포츠카를 보고 말했다.

"정말이야? 안 어울린다."

너무 의외라서 나는 그렇게 말했다.

"젊은 애인의 취향이 아닐까?"

승찬이가 건들거리며 말했다.

"진짜?"

나는 놀라서 물었다.

"남의 사생활에 뭔 관심이야."

수진이가 샐쭉하게 말했다.

아이들은 분식집에 가끔 몰려왔던 거 같았다. 승찬이가 묻지도 않고 골고루 메뉴를 시켰다. 내가 얼마나 떡볶이를 좋아하는지 아는 것처럼 3인분이나 시킨 건 좋은데 순대에 간을 넣어달라는 말을 하지 않았다.

"그럼 됐지? 뭐 더 시킬 거 없지?"

승찬이가 아이들을 둘러보다 나와 눈이 딱 마주쳤다.

"왜? 다른 거 더 시켜줘?"

"저기, 순대에 간도 넣어서."

"간?"

승찬이가 되물었다.

"너 생긴 거와는 다르네. 알았어. 아줌마, 여기, 간소녀 있어요. 순대에 간 꼭 섞어주세요."

아이들이 웃었다. 난 순대 먹을 때 간을 먹지 않는 취향의 아이들이 더 이상했다.

"오늘 집에 가면 잠이 오지 않을 거 같아. 커피를 너무 마셨어."

승찬이가 머리를 흔들며 말했다.

"뭐 대단한 거 한다고 커피를 그렇게 마셔. 카페인 중독."

수홍이가 말했다.

"커피 담배는 내 취향일 뿐이야. 신경 꺼."

"하긴 나도 술은 매일 마시니까."

수홍이의 말에 우리는 헐, 이라는 표정으로 바라봤다.

"뭘 그리 놀라? 너네는 술 안 마셔?"

수홍이가 이해할 수 없다는 표정으로 말했다.

"2차는 내가 쏠게. 술 마시러 가자."

수홍이가 말했다.

"우리 어떻게 가? 오늘은 옷차림이 딱 봐도 고딩인데. 나래는 교복 입었는데."

그러고 보니까 나만 교복이었다. 난 학교에서 바로 오니까 어쩔수 없다. 다른 아이들은 다 서울이 집이라서 옷을 갈아입고 왔다.

"노래방 가면 돼. 술은 편의점에서 사서 가방에 넣으면 되고. 노래방에서 음료수 시키면 괜찮아."

수홍이는 아무 문제 없다는 듯이 말했다.

나는 애들 몰래 핸드폰을 들여다봤다. 지금 일어나야 마지막 지하철과 버스를 탈 수 있다. 하지만 혼자 일어설 수는 없었다. 난 의리 있는 여자니까.

에라, 모르겠다.

어떻게 되겠지 뭐 하면서 아이들을 따라 일어섰다.

편의점에서 아이들은 각자 취향대로 술을 골랐다. 과일 맛 나는 캔 막걸리, 수입 맥주 캔, 작은 양주, 초콜릿까지.

꽤 많은 돈이 나왔는데 수홍이가 지갑을 열었다. 노래방비까지 내려면 너무 출혈이 심한 건 아닌가.

"혼자 저렇게 돈 써도 돼?"

나는 옆에 있는 승찬이에게 슬쩍 물었다.

"괜찮아. 쟤네 집은 있는 게 돈과 머리니까."

돈과 머리.

우리 집과 정반대였다.

술의 힘인가.

노래방에서는 정말 재미있었다. 다들 노래도 잘 부르고 춤도 잘 추었다. 제일 놀란 건 수진이였다. 날씬한 몸매가 춤을 출 때마다 매력적으로 드러났다. 승찬이는 평소 모습 그대로였다. 수홍이는 노래도 부르지 않고 춤도 추지 않고 오로지 술만 마셨다. 양주 한 병을 혼자 다 마셨다. 전혀 취하지도 않았다. 다른 어떤 날보다 재미있었다.

핸드폰을 들여다보니까 문자와 부재중 통화가 엄청나게 와 있었다.

통화 버튼을 눌렀다.

"어디야?"

엄마의 커다란 목소리가 튀어나왔다.

"어…… 저기 학원 근처…….'

"왜 아직까지?"

"그게…… 좀 일이 있어서."

"뭔 일 있어?"

"아니…… 그게 아니고…….'

"알았어. 그건 나중에 얘기하고. 집에 어떻게 올 거야?"

엄마의 목소리가 달라졌다.

"차도 없고…… 택시 탈 수도 없고…… 어떻게 하지?"

엄마 말을 들으면서 그제야 고개를 들고 보니 아이들이 하나도 없었다.

"어떡하지…… 어떡하지…… 미치겠네…….'

엄마는 핸드폰에다 미친 여자처럼 소리를 질렀다.

"택시 타고 갈게."

말은 그렇게 했지만 택시비도 없었다.

"안 돼. 잠깐만 전화 끊고 기다려봐."

엄마가 전화를 끊었다.

봄이지만 밤이 되니까 추웠다. 몸을 덜덜 떨면서 길가에 서 있었다. 아직도 사람들이 많이 다녀서 무섭지는 않았다.

엄마한테 전화가 왔다.

"너, 거기 그대로 있어. 원장님이 올 거야."

"원장님? 우리 학원?"

"그래."

"전화했어?"

"응. 그러면 어떡해?"

"아, 진짜. 미쳤어?"

"그러면 어쩔 건데? 걸어올 거야? 잔말 말고 거기 자전거 가게 앞에 있어."

너무 황당했다. 엄마가 이렇게까지 개념 없는 사람인 줄 몰랐다.

그래도 너무하지 않나.

원장님을 어떻게 보지?

걱정이 태산이었다.

그때였다. 조심스러운 경적 소리가 살짝 울렸다. 불빛이 섞인 어둠 속에서도 그 빨간 스포츠카는 확 눈에 띄었다. 운전자석 유리문이 내려졌다.

"얼른 타라."

다른 차가 오기 전에 얼른 타는 게 예의라는 것쯤은 알았다.

"애들하고 놀았니?"

차에 타자 원장님이 물었다.

"네. 죄송합니다."

"술 마셨니?"

"네. 조금."

"집 주소 불러봐."

원장님이 내비를 보면서 말했다.

차가 출발했다. 외제 차라서 그런지 승차감이 좋았다. 차 안에서 향수 냄새도 났다.

아무리 생각해도 엄마는 제정신이 아니다.

지금 도대체 몇 시인데……. 내가 학원에 오래 다닌 것도 아니고, 또 뛰어난 재능이 있어서 장래가 촉망되는, 그래서 학원의 광고에 도움이 될 만한 싹수가 있는 것도 아닌데…….

"엄마는 요즘 뭐 하시니?"

"엄마요?"

갑자기 공격을 받은 것처럼 정신이 멍했다.

"엄마는……."

느닷없이 피아노가 떠올랐다. 엄마가 버리지 않겠다고 해서 거실 한쪽을 차지하고 있는 피아노. 오빠를 위해서 존재하는 피아노.

"피아노를 배우고 있어요."

나는 때에 따라서 거짓말을 적절히 할 줄 아는 여자다.

"그래? 글은 안 쓰시고?"

"네?"

이건 또 무슨 황당한 얘기인지 모르겠다. 엄마가 글을 쓰다니. 글을 쓰고 있는 건 엄마가 아니라 나인데…….

원장님은 엄마를 어떻게 알고 있는 거지?

어떻게 우리 엄마를 아세요?

그 말이 목구멍에서 걸려 나오지 않았다.

차는 막힘없이 잘 달렸다. 한강 다리의 불빛이 아름다웠고 한적한 밤의 드라이브도 좋았다. 술까지 마셔 몸도 노곤했다. 원장님은 더 이상 질문하지 않고 운전에만 집중했다.

그때 휴대폰이 울렸다.

"어디까지 왔어?"

조용한 차 안이라서 엄마 목소리가 들렸다.

"몰라. 아직. 다 가면 전화할게."

"알았어. 집에 와서 얘기하자."

"뭔 얘기를? 잠이나 자. 내일 아침 일찍 나가야 되잖아."

"그거 알면 일찍 왔어야지."

엄마는 원장님이 옆에 있는 줄 뻔히 알면서도 전화 끊을 생각을 안 했다.

"알았어. 끊어. 야근까지 해서 피곤하잖아. 자라고."

난 화가 나서 먼저 끊었다.

"야근? 엄마 회사 다니셔?"

"네? 아⋯⋯."

"무슨 회사?"

"핸드폰을⋯⋯ 만드는 회사예요."

말을 하고 나서 엄청난 실수를 저질렀다는 걸 알았다. 엄마 나이에 다니는 핸드폰 회사라니 말이 안 됐다.

핸드폰 공장.

난 술김에 엄마의 자존심을 팔아버렸다.

그때였다. 원장님이 차에 연결된 핸즈프리로 전화를 받았다.

"언제 와요?"

젊은 여자의 목소리가 새어 나왔다.

"응, 조금 더 기다려. 차 안 막히니까 금방 갈 수 있어. 끊어."

원장님이 슬쩍 내 눈치를 봤다.

애인.

딱 느껴졌다.

차가 아파트 앞에 서자 기다리고 있던 엄마가 차 앞으로 왔다.

원장님이 차에서 내리고 엄마가 고개를 까닥했다. 나는 엄마 손을 붙잡고 얼른 엘리베이터를 타고 싶었지만 엄마는 먼저 들어가라는 눈짓을 했다. 뭔가 할 말이 있는 거 같았다.

왠지 내 얘기는 아닌 거 같았다.

오래전 헤어진 연인이 다시 만난 어색함.

누가 봐도 그랬다.

나는 얼른 엘리베이터를 타고 닫힘 버튼을 재빨리 눌렀다.

집으로 들어와서 후다닥 옷을 갈아입었다. 엄마가 들어오기 전 자려고 최대한 빨리 서둘렀다. 양치질을 하고 대강 세수를 하고 나오는데 엄마가 화장실 문 앞에 서 있었다. 엄마를 비켜서 가려는 순간 엄마가 등짝을 후려쳤다.

"미쳤어? 지금 몇 시인지 알아? 너 없는 돈에 공부하라고 학원 보내줬지, 애들하고 밤늦게까지 놀라고 보냈어?"

"원장님하고 어떻게 아는 사이야?"

"뭐?"

"원장님이 엄마 뭐 하냐고, 글 쓰냐고 물어보던데?"

"그래?"

엄마의 얼굴이 어둠 속에서 헤드라이트 불빛이 비춘 것처럼 확 환해졌다.

백일장의 규칙

"그래요? 아, 그렇지만……."

존댓말과 반말이 섞인 어색한 대화였다. 가깝기도 하고 멀기도
한 사이. 옛날 연인한테 온 전화를 받는 사람 같았다.

"생각은 해볼게요. 자신이 없어서…… 그러면 언제, 오늘요?"

엄마는 만날 약속을 하고 있었다.

"누구야?"

"몰라도 돼. 넌 숙제 다 했어?"

엄마가 딴소리를 했다.

엄마는 화장실로 들어갔다. 샤워하는 소리가 났다.

일요일이지만 학원 숙제를 하려고 컴 앞에 앉아 있었다. 화면만 바라볼 뿐 글이 써지지 않았다. 짜증이 났다.

에라, 모르겠다.

사이트에 올리는 로맨스를 썼다. 일주일에 한 번 올리는 거였다. 친구 따라 강남 간다는 말이 있지만 내가 웹소설을 올리는 건 자신감이 있어서다.

나도 이 정도는 쓸 수 있다.

더 재밌게 쓸 수 있다.

그리고 본격적으로 글쓰기 전의 손가락 운동이라고 할까.

누가 내 글을 읽고 즉각적인 반응을 한다는 게 신기했다.

이게 다 돈이 되면 얼마나 좋을까. 그러면 잠도 자지 않고 더 재미있게 쓸 수 있을 텐데.

"뭐 써?"

"깜짝이야."

외출 준비를 끝낸 엄마가 뒤에 서 있었다.

"약속 있어. 늦을지도 몰라."

엄마 목소리가 말랑말랑했다.

"너 대단하다. 신의 손이야. 자판에서 손이 막 날아다니더라."

어이없었다. 내용이 중요하지 속도가 뭐가 중요하다고.

"책도 열심히 읽어야지."

"재미없어."

"책을 안 읽어서 그렇지."

"아빠는? 일요일인데 어디 갔어?"

"몰라."

엄마는 한숨을 쉬고는 현관으로 걸어갔다.

엄마는 향수 냄새를 풍기고 밖으로 나갔다.

"아빠가 마트에서 일하는 건 어때?"

엄마가 나가자마자 소주가 든 검정 비닐봉지를 들고 온 아빠가 식탁에 앉아서 물었다.

"무슨 마트?"

"여기 새로 생긴 마트 있잖아."

얼마 전에 빌라 단지 옆 공터에 조금 큰 마트가 생겼다. 버스 종점에 우리 아파트만 딱 버티고 있고 슈퍼래야 단지 안에 있는 구멍가게 수준의 작은 마트가 전부였다.

"아빠 거기서 일하게?"

그동안 아빠가 일자리를 구하려고 매일 컴퓨터 앞에 앉아 있고 면접을 보러 다닌다는 걸 알고 있었다. 아빠 나이에 취직을 한다는 게 얼마나 어려운지 나도 알았다.

"아빠가 마트에서 일하면 창피하지 않아?"

아빠가 조심스럽게 물었다.

나는 현실적인 여자였다. 아빠가 어떤 일을 하든지 돈을 벌어 와서 잘 먹고 잘살면 됐다. 정말이지 나는 아무 상관도 없었다.

"괜찮아."

"알았어. 아빠 내일부터 일하러 갈 거야."

아빠는 소주를 냉장고에 넣고 집 안을 정리하기 시작했다. 그동안 청소며 빨래, 밥하고 설거지 등 모든 걸 아빠가 했다.

마이너스의 손.

엄마는 아빠가 하는 가게마다 망하자 그렇게 말했다. 아빠는 점점 초라한 아저씨가 돼갔다.

벨 소리가 요란했다.

푹 잠이 들었던 나와 집안일을 끝내고 소주를 걸쳤던 아빠는 동시에 현관으로 갔다. 양손이 가득한 엄마는 버튼을 누르지 못해서 벨을 눌렀다.

문을 열자 엄마는 한 손에는 책, 다른 손에는 쇼핑백을 들고 있었다.

"이것 좀 받아, 구두 벗게."

엄마는 굽이 높은 샌들 끈을 푸느라 바닥에 주저앉았다.

나는 식탁 위에 책과 쇼핑백을 올려놓았다. 먹을 거는 하나도 없었다.

무슨 책인가 하고 제목을 봤다. 자서전 쓰는 법. 중년 남자의 활짝 웃는 사진이 들어간 자서전과 또 다른 두 권의 자서전.

"뭐야?"

"자서전 쓰려고."

"자서전?"

아니 갑자기 생뚱맞게 무슨 말인지 이해가 안 갔다.

"누구 자서전? 설마 엄마 자서전을 쓰는 건 아니지?"

"내가 뭐 자서전을 쓸 만큼 유명 인사는 아니잖아."

엄마는 아빠가 조금 전 먹은 라면 국물이 얼룩진 식탁에서 책들을 들어 피아노 의자 위에다 두었다. 너무 두꺼워서 보기만 해도 아득한 책들이다.

"뭐야?"

아빠도 한마디 했다.

"자서전 써서 돈 벌려고."

풋, 하고 코웃음이 나왔다.

"누가 엄마한테 자서전 써달라고 맡긴대?"

만약 엄마가 자신의 경력을 거짓으로 부풀려서 자서전 대필을 한다면 명백한 사기다. 나는 다른 사람과 얽힌 일에서는 사적인 감정보다는 객관적으로 판단할 수 있는 양심적인 여자이기도 하다.

"일단 의뢰인이 나 만나 보고서 마음에 들면 계약하게 될 거야."

의뢰인이라는 전문적인 용어까지 등장하는 걸 보면 가능성이 있는 것 같았다. 엄마는 의뢰인을 만나기 전까지 이 책들을 다 읽고 공부해서 면접에 통과해야 한다고 했다. 아니 뭐, 취직을 하는 것도 아닌데 면접을 본다는 것도 우스웠다.

"누가 소개시켜줬어?"

"응? 아는 사람."

엄마는 아는 사람이라는 애매모호한 대답을 했다.

누가 엄마한테 이런 일을 소개시켜주었을까.

엄마는 당장 일을 하겠다는 의지로 옷을 갈아입고는 커피 마실 준비를 했다.

엄마가 식탁 의자를 끌어다가 싱크대 앞으로 가져왔다. 식탁 의자에 올라가서 싱크대 맨 위쪽 구석에 처박아 두었던 뭔가를 꺼냈다.

"이제부터 커피믹스 안 마실 거야."

엄마는 그게 뭐 대단한 거라고 선언하듯이 말했다.

식탁 위에는 드립 커피 기구가 늘어져 있었다. 커피믹스 중독인 엄마가 과연 달달한 커피 유혹을 물리칠 수 있을까.

아빠는 소주, 엄마는 커피믹스.

하루하루 버텨내는 약.

"엄마, 공장은?"

"내일부터 안 나가."

엄마는 콧노래를 불렀다.

"나 취직했어."

엄마 눈치만 보던 아빠가 말을 했다.

"정말? 어디?"

"그게…… 요 앞 마트…….'

"무슨 일, 하는 건데?"

"배달…….'

아빠가 자신 없는 목소리로 말했다.

"할 수 있어?"

엄마는 의심쩍은 표정을 지었다.

"해야지. 나래 학원비 벌어야지."

"잘됐네. 이 일 하면 돈이 나오지만 당장은 좀 걱정됐는데…….'

엄마 말을 듣는 아빠의 표정이 이상했다.

아빠는 엄마가 힘들까 봐 말릴 줄 알았는데 잘됐다고 하니 섭섭한 모양이다.

엄마는 공장을 그만두고 아빠는 마트에서 배달을 시작했다.

다 내 학원비 때문에 시작한 일이다.

나에 대한 미안함 때문일까.

엄마는 외출 때 들고 갔던 숄더백에서 커피 봉지를 꺼냈다. 내 간식은 아무것도 사 오지 않았으면서 자기 마실 커피만 챙겨 왔다. 내가 팔짱을 끼고 째려보고 있어도 거들떠보지도 않고 우아한 척하며 커피를 내렸다.

엄마한테 막 따지려고 하는데 커피를 가득 담은 머그잔을 들고 엄마는 책상 앞에 앉았다. 책상에 앉아서 책을 펼치는 엄마의 뒷모습이 달라졌다.

책을 읽던 엄마가 갑자기 화장실로 들어갔다. 물소리가 요란했다. 금방 샤워를 끝낸 엄마가 나왔다. 대충 옷을 걸쳐 입고 냉장고에서 마스크 팩을 꺼내 붙이고는 다시 책상에 앉았다.

마스크 팩은 또 언제 사 와서 넣어뒀는지. 이젠 지성과 미모를 겸비하겠다는 건가.

방으로 들어가려다가 식탁 위에 놓아둔 엄마 폰이 눈에 띄었다.

잠금 장치도 해놓지 않는 엄마.

나는 슬쩍 통화 목록을 눌렀다.

시인.

가장 최근의 통화한 사람이었다.

시인이라면…….

"도대체 얼마나 준다는데?"

현관 옆, 식탁에 붙은 내 방에선 의도하지 않아도 엄마 아빠의 대화를 들을 수밖에 없다.

아빠는 왠지 못마땅한 목소리로 물었다.

"일 년 연봉 정도야."

"뭐라고?"

아빠는 너무 놀라서 사레가 들렸다.

"사기꾼 아냐? 무슨 유명 작가도 아니고 아무것도 아닌 사람이 써주는데 일 년 연봉을 줘? 말 같지 않은 소리 하지 마!"

아빠는 오히려 화를 냈다.

"잊었어? 나 등단한 거? 그것도 신춘문예."

엄마의 의기양양한 목소리가 방 안으로 들어왔다.

"내가 그동안 쓰지 못했지만 나, 등단한 작가라고. 그리고 이제는 열심히 쓸 거야."

갑자기 우는지 엄마의 목소리에는 울음이 섞여 있다.

심한 감정의 기복과 잦은 눈물.

갱년기가 시작된 걸까.

그러고 보니까 생각이 난다.

그때 내가 몇 살이었던가. 유치원에 다닐 때였던 거 같다. 시상식장이 생각난다. 화환이 엄청 많았고 사람들도 많았었다. 나는 너무 낯설어서 엄마의 치맛자락을 놓지 않고 따라다녔다. 엄마가 사진을 찍을 때도 치마를 놓지 않고 꽉 잡고 있었던 기억은 사진으로도 남아 있다. 아빠 차 트렁크에 꽃다발을 가득 싣고 오던 밤, 나는 자면서 꽃향기에 취했다.

그때 엄마는 저녁만 먹으면 얼른 자라고 불을 끄고 눕게 했다. 오빠와 내가 금방 잠들지 않을 거 같으면 동화책을 읽어주었다. 한 권 더 읽어달라고 할 때마다 엄마는 화를 냈고 결국 우리와 같이 잠이 들곤 했다. 새벽에 오줌이 마려워 일어나서 엄마를 찾아 거실로 나가면, 컴퓨터 앞 모니터의 푸른 불빛을 받은 엄마는 귀신처럼 보였다.

자다가 오줌이 마려워서 일어났다. 화장실로 가는데 아직도 책상 앞에 앉아 있는 엄마가 보였다. 엄마는 읽던 책에 고개를 처박고 손에는 핸드폰을 꼭 쥐고 있었다.

누구한테 전화가 오기를 기다리는 사람처럼…….

정말 화가 났다. 원장님이 내준 숙제에 도저히 동의할 수가 없었다.

필사.

아니 지금이 어떤 세상인데 손글씨로 원고지에 소설을 베끼라니…… 미친 게 아닐까.

아무리 참으려고 해도 화가 솟구쳤다.

더군다나 그 책들은 하나도 재미가 없었다. 요즘 내가 열심히 읽는 건 원장님이나 여기 아이들이 읽는 것과는 달랐다.

폰으로 읽는 책.

얼마나 재미있는지…… 거기다가 무겁게 들고 다니지 않아도 되고, 버스 안에서나 지하철 안에서나 편하게 읽을 수 있었다. 무료로 읽을 수 있는 것도 있었다.

문제라면 19금이었다. 성인 인증을 해야 했다.

난 엄마 주민 번호로 인증을 했다. 엄마는 이런 책들을 보지 않으니까 들킬 걱정도 없었고 뭐 들킨다 해도 상관없었다.

나는 또 용감하게 손을 들었다.

"뭔데?"

"재미있는 책으로 하면 안 되나요?"

원장님은 기가 막힌다는 표정으로 날 바라봤다.

"다 문학상을 받은 작품들이야."

수진이가 끼어들었다.

"그래서? 그러면 다야? 재미도 없고 감동도 없는데……."

"그건 네가 아직 글을 읽는 수준이 안 돼서 그런 거야."

수진이가 눈을 내리깔고 말했다.

"그래? 넌 모르는구나. 요즘 누가 그런 책을 읽어, 돈 아깝게. 요즘 사람들이 돈을 주고 사서 보는 게 뭔지도 몰라?"

난 수진이가 답답했다.

"문학상을 받았다고 훌륭할 수는 있어도 재미와 감동은 아니잖아?"

난 아닌 것은 아니라고 말할 수 있는 여자였다. 그래서 어떤 손해를 본다 해도 감수할 것이다.

"넌 아직 얼마 되지 않아서 잘 모르나 본데……."

"아니. 우리 엄마가 작가야."

"대박."

승찬이가 외쳤다.

원장님이 가만히 있었다.

"오늘은 커피나 한잔 어때?"

승찬이가 학원 계단을 다 내려와서 말했다.

"그래. 내가 쏜다."

수홍이가 먼저 바로 옆 카페로 들어갔다.

수홍이가 마시고 싶은 걸 고르라고 했다. 난 초코민트, 승찬이는 카페모카, 수진이는 바닐라라테, 지원이는 핫초코, 다른 아이들은 아메리카노, 카푸치노를 원했다. 메뉴도 가격도 달랐지만 수홍이는 메모지에 적지도 않고 카운터로 가서 커피를 종류별로 시키고 계산도 했다.

"수홍이 오빠, 진짜 머리 좋은 거 같아. 계산도 너무 빨라."

2학년인 지원이가 얻어먹는 사람이 당연히 해야 하는 감사의 멘트를 했다.

"그럼, 수학과 지망생인데. 그냥 수학과도 아니고 수학 박사가 될 꿈이 있는."

승찬이가 못마땅한 표정으로 말했다.

"정말?"

난 내 주위에서 수학을 좋아하는 사람을 본 적이 없었다.

수학이라는 말만 들어도 머리가 아픈데 수학과를 간다고…… 거기다 수학 박사라니…….

나는 딴 세상 사람처럼 느껴지는 수홍이의 뒷모습을 다시 쳐다봤다. 아직 우리 나이에 어울릴 것 같지 않은 버버리 체크 남방을 입고 있지만 〈박사가 사랑한 수식〉이라는 영화에서처럼 수학 공식이 적힌 메모지 따위는 붙어 있지 않았다.

수홍이는 각자 시킨 메뉴를 그 앞에 정확히 놓아주었다.

"왜 그래?"

수홍이가 자기 얼굴을 빤히 쳐다보는 내게 물었다.

"너무 이상해서."

"뭐가?"

"수학 박사라니……."

수홍이가 씩 웃었다.

"사람마다 다 자기가 좋아하는 게 있잖아. 아니 재능이라고 해두지."

수홍이는 겸손하지 않았지만 거슬리지 않았다.

"그런데 왜 여기 학원 다니는 거야?"

수학과와 문창과는 하늘과 땅 차이 아닌가.

"모든 것에는 다 이유가 있다."

수홍이가 커피 잔을 들어 올리며 말했다.

"그만해. 나중에 둘이 얘기해."

승찬이는 이미 들어서 더 이상 듣고 싶지 않은 건지 비위가 상한 건지 아무튼 다른 얘기를 하자고 했다.

내 앞으로 놓인 초코민트의 싸한 달콤한 향이 좋았다.

집으로 가는 지하철을 놓치지 않기 위해서 폰을 커피 잔 옆에 두었다. 다시는 원장님의 차를 타고 싶지 않다.

"아까 원장님이 했던 말처럼 해야 하는 거야?"

나는 확실히 알아야 했기에 바보처럼 아까 들은 말을 다시 확인했다.

"뭐?"

승찬이가 부드럽게 대답했다.

"백일장…… 미리 준비한 글, 쓴다는 거?"

"당연하지."

승찬이가 눈을 커다랗게 떴다.

"그날 주제를 주면 그 자리에서 어떻게 생각하고 써?"

"맞아."

수진이가 새침하게 말했다.

"미리 써둔 글을 그날 준 주제에 맞게 고쳐서 쓰는 거야."

수진이가 그것도 몰라서 어떻게 할 거냐고 한심하다는 듯이 말했다.

"넌 그동안 써둔 것도 없어서……."

승찬이가 안됐다는 표정으로 말했다.

"이런 거였구나."

뭔가 시시해지는 기분이었다.

무슨 옷을 입고 갈까.

백일장에 쓸 글이 아니라 옷이 신경 쓰였다. 난 옷이 없다. 용돈도 많이 받지 못했고 엄마는 옷도 사주지 않았다.

내가 날씬하고 좋은 몸매이면 청바지에 귀여운 티셔츠, 카디건이면 되겠지만 나는 체형 커버가 꼭 필요하다. 청바지는 그야말로 그림의 떡이다. 중학교 이후로는 한 번도 청바지를 사보지 않았다. 나도 객관적으로 내 몸매를 바라볼 줄 알았다.

내 몸매는 아무리 부정하려고 해봐도 하체 비만이었고, 엄마를 닮았다. 튼실한 하체, 저주받은 하체. 엉덩이는 동그랗다 못해 빵빵한 게 터질 듯하고 허벅지는 두 손으로도 다 감싸지지 않았다.

그래서 나는 검정 추리닝 바지만 입었다. 명절에도 친척 집에 꼭 가야 되는 날에도 나는 나를 조금 더 날씬하게 해줄 거라고 믿는 검정 추리닝 바지를 입었다.

내 인생에 스키니진을 입을 날도 올까.

백일장에는 정말 사람이 많이 왔다.

이 많은 아이들이 문창과 지망생이라니…….

주제는 '그날'이다.

모두 다 일인용 매트를 준비해 왔다. 무릎 담요를 깔고 편안한 자세를 잡고 바로 쓰기에 돌입하는 아이들도 있었다. 아무것도 쓰여 있지 않은 원고지를 보니까 막막했다.

시를 쓰는 지원이는 연습장에 그림을 잔뜩 그리고 있다.

"뭐 해?"

다른 애들한테 방해가 될까 봐 조용히 물었다.

"시 쓰기 전에 떠오르는 대로 끼적끼적 그림을 그려봐요. 그러면 뭔가 여러 가지가 연상되고, 그러다가 문득 확, 쓰고 싶은 게 생겨요."

그렇게 말하는 지원이는 정말 시인 같았다.

"이거 드세요."

지원이가 초콜릿을 내밀었다.

"어떤 유명 작가는 아침마다 초콜릿을 꼭 먹는대요. 기분 전환도 되고 집중도 되고."

"고마워."

나는 초콜릿의 은박지를 벗겨냈다.

"같이 먹어야지. 내가 네 옆에 있는데."

승찬이가 어느새 고개를 내 손 앞으로 디밀고 있었다.

"내가 왜 네 옆에 앉은 줄 알아? 음양의 조화. 그래야 좋은 기가 생기는 거야. 여기는 너무 여자가 많잖아. 그래서 특별히 내가 네 옆으로 앉은 거야."

그래서 자기가 초콜릿의 반을 먹는 것이 너무 당연하다는 듯이 입을 벌렸다. 멍하니 쳐다보고 있자 고개를 숙여서 내가 쥐고 있던 초콜릿을 자기 입으로 뚝 잘라 먹었다. 그러고는 내 입에도 나머지 초콜릿 반을 넣어주었다.

"수홍이는 왜 안 왔어?"

어색함을 무마하려고 물었다.

"걔가 이런 데 왜 와? 우리랑 급이 다른데. 수학이 어쩌고저쩌고 하는 책이나 들여다보고 있겠지."

승찬이가 비웃듯이 얘기했다.

어떤 것을 써야 하는지도 문제였지만 원고지에 직접 글씨를 쓰는 것도 만만치 않았다.

　　백일장의 절대 규칙.
　　연필로 쓰면 안 된다.
　　백일장의 팁.
　　만년필로 크게 반듯하게 써라.

늙은 심사 위원들을 위한 배려.
헛웃음이 나왔다.
그러면 승찬이는 유리한 걸까.
승찬이의 글씨체는 개성이 강했다. 누구도 흉내 낼 수 없는 특이
한 스타일이다. 글씨는 원고지 칸 밖으로 넘쳐날 만큼 크고, 한 글
자 한 글자마다 살아서 꿈틀거리는 것 같았다. 글씨체만큼이나 소
재도 특이했다.
승찬이가 갑자기 자기 백팩을 열더니 캔 맥주 하나를 꺼냈다.
"약간의 알코올은 창의력에 아주 도움이 되거든. 초콜릿보다 더."
그러더니 벌컥 들이키고는 캬, 하고 소리를 낸다.
"자, 한 모금만."
이번엔 내 입에다 갖다 댔다. 에라, 모르겠다, 하고 나도 마셨다.

아직까지 찬 맥주가 상쾌했다.

"더 줘."

난 승찬이가 다 마셔버리기 전에 손을 내밀었다. 승찬이 말대로 쓸 게 생각나기를 기대하며.

"아직도 시작 못했어."

맥주 캔을 승찬이에게 주며 말했다.

"쓸 게 없으면 첫 경험을 쓰든지."

손톱 그림 화가

아빠였다.

아빠는 마트 입구에서 땀을 삘삘 흘리며 배달 차인 다마스에 짐을 싣고 있었다. 아빠는 내가 지켜보는지도 모르고 헉헉거리며 운전석에 올랐다.

아빠가 탄 차가 떠나고 나서 마트 안으로 들어갔다.

왜 아빠를 부르지 못했을까.

손에 집히는 대로 먹을 걸 바구니에 담았다. 계산대 아래에서 엄마가 좋아하는 초콜릿을 집었다가 내려놓았다.

아빠는 여덟 시가 넘어서 돌아왔다. 엄마는 벌써 식탁에 밥을 차

려났다. 아빠가 배가 고프다고 밥상을 차려놓으라고 미리 전화를 했다. 현관을 들어서는 아빠는 역시 소주 한 병이 든 검은 봉지를 끼고 있다.

아빠는 식탁 의자에 앉자마자 푹 꺼져 들어갔다.

"와, 진짜 수박 무겁다. 그놈의 수박, 오늘 백 개도 넘게 날랐네."

아빠는 한숨을 쉬었다.

"사람들이 그렇게 많이 사?"

우리 집은 아직 한 번도 사 먹지 못한 그 비싼 수박을 남들은 그리 잘 사 먹는지 엄마가 물었다.

"그러니까. 다들 수박만 배달시켜. 수박 하나가 십 킬로는 된다니까."

아빠는 밥도 먹기 전에 소주병을 따서 캬, 소리를 내며 한잔을 마셨다.

"힘든데 술 먹어?"

엄마는 아빠와 그렇게 오래 살았으면서도 아빠에게는 소주가 만병통치약이라는 걸 늘 바보처럼 잊어버렸다.

"소주 마시고 푹 자려고."

아빠의 목소리에 힘이 없었다.

"우리 집에 파스 있어?"

"왜, 어디 다쳤어?"

"아니. 온몸이 다 아파."

아빠는 숟가락을 놓자마자 화장실로 들어갔다. 세상에서 제일 귀찮은 게 씻는 거라던 아빠였다. 얼마나 땀을 많이 흘렸으면 스스로 씻으러 들어갈까 싶었다.

엄마는 식탁을 치우려고 일어서서는 소주병을 들어 재활용 봉지에 집어던졌다. 엄마와 아빠의 불화의 원인은 언제나 술이었다. 술을 먹는 아빠와 술을 마시지 말라는 엄마.

어떤 문제를 해결하는 게 아니라 그 순간을 잊고자 술을 마시는 단순한 인간.

엄마가 정의한 아빠.

단순한 아빠는 샤워를 하고 나오자마자 코를 골며 잤다. 오늘따라 유난히 코 고는 소리가 리드미컬했다.

식탁에 앉아서 책을 읽는 엄마는 책에 코를 박고 자고 있었다. 그 옆에 얌전히 놓아둔 핸드폰. 요즘은 늘 핸드폰을 들여다보고 페이스북과 트위터도 했다.

숙제를 하느라 컴퓨터 앞에 앉았지만 한 줄도 쓰지 못했다.

원장님은 첫 문장이 중요하다고 했다.

나는 불순하게도 첫 경험, 첫 키스 같은 단어가 먼저 떠올랐다.

아직 경험해보지 못한 것들. 강렬한 욕망과 두려움, 유혹.

　마감 시간이 다가왔다. 그 시간까지 과제를 제출하지 못하면 수업 시간에 내 글에 대한 피드백을 받을 수 없다. 무엇보다도 과제를 내지 않는 아이들은 아무도 없었다.

　할 수 없었다. 나는 또 신들린 듯이 자판을 두드려댔다.

　내가 재미있는 얘기를.

　"넌 웹 소설 쓸래?"

　늘 억양 없이 말하던 원장님이 말끝을 높였다.

　"왜 말을 안 듣는 거지?"

　원장님의 안경 속 눈빛이 차가웠다.

　"너 목표가 뭐야?"

　숨소리도 들리지 않는 정적.

　내 목표?

　진지하게 생각해본 적이 있을까.

　모르겠다.

　"필사도 안 하고, 책도 안 읽고, 과제도 네 마음대로 하고……."

　다시 감정 없는 원장님 톤으로 말했다.

　"너 같은 아이는 처음이야."

난 아주 평범할 뿐인데…….

"이렇게 써서는 문창과 어림도 없어."

탕탕.

원장님이 마음대로 선고했다.

"문창과 별로 가고 싶지 않아요. 문창과 나와서 뭐해요?"

딱딱.

나는 반항했다.

"헐!"

"대박."

승찬이와 수홍이였다.

"그런데 왜 여기 왔어?"

수진이는 왜 번지수를 잘못 찾아와서 방해하느냐는 뉘앙스였다.

"자율 학습 빠지려고."

"나랑 똑같네."

수홍이가 아무렇지 않게 말했다.

원장님은 더 이상 말도 없이 다른 아이들이 쓴 글에 대한 피드백을 했다.

정말 짜증 났다.

매일 같은 옷을 입는 것처럼 지겨운 느낌.

집으로 돌아오는 지하철에서는 읽다가 만 로맨스를 읽었다.

말랑말랑하고 달달한 느낌.

비루한 내 현실을 벗어나서 어디론가 데려다 줄 것 같은 짜릿한 환상.

이런 거면 되지 않을까.

내 목표가 뭐냐고?

원장님처럼 돈 잘 벌어서 잘 먹고 잘살고 싶었다.

그 빨간색 스포츠카보다 더 예쁜 차도 갖고 싶고, 세계 곳곳을 여행하고…… 또…….

고개를 들어 차창 밖을 보는데 아빠 얼굴이 어렸다.

"또 이사 가?"

현관에 들어서자 좁은 거실 바닥에 옷이 널려 있었다.

"아니. 옷 입어보는 중이야."

"미친 거 아냐? 지금 몇 신데?"

"엄마한테 말버릇 하고는. 오늘 수업은 어땠어? 원장님이 뭐랬어?"

난 엄마 말에 대꾸도 안 하고 침대에 벌렁 누웠다.

오늘 밤에는 60화까지 다 끝내고 자야겠다.

"이거 어때?"

엄마가 몸에 꽉 달라붙는 원피스를 입고 서 있었다.

"너무 껴."

"그래?"

다시 핸드폰 화면으로 눈을 돌렸다.

"이거는?"

이제는 검정 긴 원피스였다.

"늙은 마녀 같아."

"뭐?"

엄마가 화를 냈다.

"나 내일 중요한 약속이 있어서 그래."

"뭔 약속?"

"계약⋯⋯."

"정말이야?"

고개를 끄덕이는 엄마의 얼굴이 환하게 빛났다.

아빠가 문을 열고 들어왔다. 치킨 냄새도 같이 왔다. 나는 벌떡
일어나서 나갔다.

"뭐야?"

치킨은 좋았지만 이 시간에 집에 온 게 이상했다.

"좋은 일 있어서……."

"뭔데?"

"아빠가 일하는 마트가 대형 마트로 바뀐대."

대형 마트라서 근무 조건이 확 달라진다는 거였다.

근로기준법 준수.

한 달에 두 번 일요일에 쉴 뿐만 아니라 근무 시간도 여덟 시간으로 꼭 지켜야 하고, 제일 중요한 건 배달 건수도 무리가 가지 않게 제한을 둔다는 것이다. 이제는 많이 편해질 거라고, 무엇보다도 일요일에 쉴 수 있어서 너무 좋다고 했다.

"마트가 갑자기 바뀌어?"

어떻게 갑자기 대형 마트로 바뀌는 건지 이해가 안 갔다.

"우리만 몰랐지 벌써 몇 달 전부터 그런 얘기가 있었대. 내일 면접 본대."

아빠는 대형 마트로 바뀌는 바람에 나이 많은 아줌마들은 다 잘린다고 했다.

"아빠는?"

아빠도 잘릴까 봐 걱정이 됐다.

"경력자 우대."

아빠가 자랑스럽게 얘기했다.

아빠는 배달을 하고 있고 거기다 동네 주소를 다 익혀놔서 자신은 무조건 0순위라고 자랑을 했다.

"그러면 좋지."

나는 치킨을 먹으며 끄덕거렸다.

"넌 잘돼?"

아빠가 물었다.

그때 엄마가 들어왔다.

마트 봉지에 뭐가 잔뜩 들어 있었다.

"뭐야?"

아빠와 내가 동시에 물었다.

"파티 하자고."

엄마가 오늘처럼 기분 좋은 날이 또 있었을까.

"나 드디어 계약했어. 계약금도 받았어."

"정말?"

믿을 수 없었다.

"누가 소개시켜준 거야?"

아빠가 물었다.

"어?"

엄마의 당황한 표정.

"아는 사람…… 당신은 왜 집에 있어?"

"그게……"

아빠가 입을 열려고 하자 엄마는 잠깐 기다리라고 하고는 옷을 갈아입고 나온다고 서둘러 방으로 들어갔다.

아빠는 다시 치킨 한 조각을 입에 물고 소주 한 잔을 마셨다.

오랜만에 식탁 위가 가득 찼다.

술과 고기와 과일.

"넌 요즘 잘하고 있는 거야?"

엄마의 의미심장한 눈빛.

난 네가 한 짓을 다 알고 있다, 그런 눈빛으로 바라봤다.

"어쨌든 이젠 다 잘되겠지. 나도 월급 더 많아지고 엄마도…… 돈 벌고, 우리 딸도 대학 가고……"

아빠한테 소주의 위력이 나타났다.

"자, 건배."

아빠가 또 소주잔을 들어 올렸다.

뭔가 찜찜했지만 나는 콜라 잔을 들어 올렸다.

"이게 뭐야?"

엎드려 자고 있다가 깨어보니까 손톱이 달라져 있었다.

"어때? 죽이지 않냐?"

"와, 너무 마음에 들어."

보경이는 작은 손톱마다 그림을 그려 넣었다. 그것도 똑같은 게 아니라 다 달랐다. 만화의 캐릭터였다.

"대단하다. 어떻게 이렇게 그릴 수 있지?"

"이것도 작품이야. 내가 사진도 찍어놨어."

"사진? 왜?"

"포트폴리오."

"그게 뭔데?"

"드라마 보면 나오잖아. 취직할 때 자기 작업한 거 포트폴리오로 만들어서 보여주고 그러잖아. 나도 그러려고."

나는 웃었다.

"왜 웃어?"

"야, 네일아트 하는데 뭐가 그렇게 거창해?"

"너도 우리 엄마랑 똑같아."

보경이가 화를 냈다.

"뭐가?"

"꼭 있는 대로 그리고 뭔 주제에 맞게 그리고…… 그래야 하는 거야?"

보경이는 화를 잘 내지 않는 타입이었다.

"엄마는 미대를 가라는데…… 난 미대는 가고 싶지 않아. 난 거창한 포부도 없고 예술가가 되고 싶지도 않고…… 그냥 내가 손톱에 그린 거 좋아하는 사람 보면 뿌듯해. 그걸로 돈도 벌고…… 또……."

보경이가 말을 멈췄다.

"또 뭔데?"

"할머니들 말이야. 할머니들한테 손톱에 그림 그려주면서 얘기해주니까 엄청 즐거워하셔."

"해봤어?"

"응…… 사실 엄마가 대학 준비 안 하고 쓸데없는 거 한다고 할까 봐 얘기 못했는데……."

보경이는 그동안 봉사활동을 하고 있었다는 거였다.

"너 대단하다. 그런데 왜 나한테 얘기 안 했어?"

"응. 넌 관심 없어 하는 거 같아서. 시작한 지 얼마 안 됐어."

난 보경이를 다시 바라봤다.

"난 왠지 나라도 뭔가 좋은 일을 해야 하지 않을까, 그런 생각이 들어."

"그게 고민이야?"

난 보경이한테 질투가 났다.

집이 잘사니까, 아무 걱정이 없으니까 삶의 여유를 부릴 수 있는 거 같았다.

나도 모르게 한숨이 나왔다.

"넌 왜?"

"난…… 나도 너랑 비슷한 게 있다. 문창과는 별로 가고 싶지 않고…… 읽으라는 책은 재미도 없고 쓰라는 글은…… 그렇게는 쓰고 싶지도 않고 나는 재밌는 거…… 이런 거가 내 취향인 거 같아."

난 내 핸드폰에서 읽고 있는 로맨스를 보경이에게 내밀어 보여 주었다.

"그림 죽이는데……."

보경이는 표지와 매 회마다 들어 있는 삽화에 눈이 동그래졌다.

"난 이미 읽고 있었는데……."

"19금인데?"

"방법이 있잖아. 너도 한 거잖아?"

보경이가 선수끼리 왜 이래 하는 표정을 지었다.

"공부 안 해?"

"너도 알잖아. 지금 공부한들 뭐가 달라져?"

분홍 손가락

    학원 문을 열고 들어가자 긴 머리의 젊은 여자가 승찬이와 웃으며 떠들고 있었다. 몸매가 드러나는 꽉 끼는 니트 원피스를 입은 여자는 여우처럼 생겼다.

    여기 출신의 선배라고 하기에는 야했다. 여자 선배들은 고등학생처럼 수수했다. 남자 선배들 역시 마찬가지였다.

    "누구야?"

    강의실로 들어온 승찬이에게 물었다.

    "내 애인."

    "거짓말."

"왜? 난 저런 스타일이 좋아."

승찬이가 얼굴을 내게 가까이 들이밀고 말했다.

"취향이 참 고급지다."

수홍이가 고개를 흔들었다.

원장님이 들어왔다. 손에는 프린트한 우리들의 숙제가 들려져 있다.

승찬이, 수홍이, 수진이, 선희, 지원이…….

그들의 글은 다 전보다 좋아졌고 조금 더 노력하면 서울권 대학에 갈 수 있다는 희망적 멘트에 다들 기분이 좋아 보였다.

하지만 난 아니었다. 내 글에 대한 멘트만 빠졌다.

"나래는……."

원장님이 드디어 내 이름을 불렀다.

폭풍 전야의 고요처럼 원장님의 말소리가 나직했다.

"늦게 시작했으면 더 노력해야 되는데…… 자꾸 쓰레기 같은 글만 쓸래? 이렇게 하면 안 된다고 했잖아?"

원장님의 목소리가 커졌다.

"심사 위원들은……."

원장님이 말을 끝내기도 전에 나는 입을 열었다.

"그 심사 위원들이 쓴 글은 정말 재미도 없고 감동도 없던데요?"

나는 때에 따라서는 싸가지도 없는 여자다.

"그럼 어떤 게 재미있고 감동 있니?"

원장님이 비웃듯이 말했다.

나는 핸드폰을 꺼내서 내가 읽던 로맨스 소설을 찾았다.

"이런 쓰레기 같은 걸……."

원장님은 한심하다는 표정을 숨기지 않았다.

"쓰레기 같은 글…… 돈 내고 보는 사람은 뭐예요?"

"똑같지 뭐."

그러면 나더러 쓰레기라고 하는 건가.

"일단 대학을 가서…… 그래서 여기 온 거잖아. 알았어?"

원장님의 목소리가 다시 안정을 찾았다.

더 이상 대꾸하고 싶지 않았다.

우리 집 형편에 어울리지 않게 비싼 학원비를 내면서 왜 이러고 있나, 한심한 생각이 들었다.

우울했다. 아이들과도 한마디도 하고 싶지 않았다. 간신히 강의 가 끝날 때까지 앉아 있다가 일어서는데 어지러웠다.

그 여자가 아직도 있었다. 문을 열고 나오면서 흘끗 보니까 그 여자가 원장님의 팔짱을 끼고는 안으로 들어갔다.

우울한데도 배가 고팠다. 뭔가 막 먹고 싶었다.

초코케이크, 초밥, 봉골레 스파게티, 피자, 치킨, 매운 닭발, 곱창, 삼겹살.

스트레스를 먹는 걸로 푸는 나쁜 습관.

오늘 밤엔 고기를 먹고 싶다.

요즘 저녁 메뉴는 단순하다 못해 규칙적이기까지 했다. 하루도 빠짐없이 제육볶음이다. 싸구려 냉동 돼지고기에 그때그때 기분에 따라 달라지는 레시피, 늘 뭔가 부족한 양념들.

엄마는 매일 소주 한 병을 마시는 아빠 때문에 초간단 메뉴를 정해놓았다.

하지만 제육볶음은 고추장이든 쌈장이든 찍어 먹어야 간이 맞았다.

나는 양념 맛으로 고기를 먹는 여자가 아니다. 고기 본연의 맛을 즐길 수 있는 로스구이가 갑이다.

참기름 장을 찍은 삼겹살 두 점에 청양고추와 파채, 깻잎과 상추를 싸서 입속에 넣으면……

생각만 해도 침이 꼴깍 넘어갔다.

도대체 언제 로스구이를 먹었는지 모르겠다. 꽃등심도 아니고 삼겹살 먹기도 이렇게 힘들다니…… 사는 낙이 없다.

엄마한테 문자를 보냈다.

고기를 먹고 싶다고.

알았다는 답장이 왔다. 웬일인지 모르겠다.

이제야 나에 대한 미안함이 드는 걸까.

그 생각만 하면 눈물이 앞을 가린다.

우리 집의 황제, 오빠.

제일 큰 안방을 방음 장치까지 하고 오빠의 연습실로 만들었다. 오빠는 잠을 자는 방을 또 하나 썼고 엄마와 아빠는 거실에서 잤다. 그뿐인가. 비싼 바이올린과 레슨, 예고까지.

예고에 갔을 때 엄마와 아빠는 서울대라도 간 것처럼 좋아했다.

하지만 그때 아빠는 명퇴를 해야 했고…….

집안이 망하려면 자식을 예체능 시켜야 한다는 교훈이 얼마나 정확한지 알게 됐다고 떠벌리는 엄마는 미친 여자 같았다.

엘리베이터에서 내리자 삼겹살 굽는 냄새에 배가 꼬르륵거리며 반응했다. 열두 시가 넘은 시간에도 문을 열어놓고 삼겹살을 굽는 집.

우리 집이다. 반가운 마음으로 얼른 달려갔다.

"얼른 와."

오버액션을 취하는 아빠는 취해 있었다.

나는 교복도 벗지 않고 아빠가 싸서 주는 고기를 받아먹었다. 내가 몇 번 씹지도 않고 꿀꺽 삼키는 것을 보고 아빠는 또 주었다.

"많이 먹어. 다음에는 한우 일등급으로 사줄게."

"됐어. 돼지고기 먹어도 되니까 마음 편히 좀 살아봤으면 좋겠다."

엄마가 땅이 꺼져라 한숨을 쉬었다.

뭔가 일이 있었다.

"무슨 일 있어?"

"다시 백수 됐어."

아빠가 어리광을 부리듯이 말했다.

"왜?"

"대기업의 횡포이자 을의 슬픔인 거지."

아빠의 혀가 꼬부라졌다.

아빠가 다니던 마트가 대형 마트로 바뀌면서 배송 차가 지입으로 바뀐다는 거였다. 그러니까 아빠 소유의 봉고차가 있어야 한다는 것이다. 쉽게 말하자면 아빠가 배달하는 차를 사서 영업용이라는 허가를 맡아야 한다는 것이다. 그러려면 차도 사야 하고 영업용 노란 번호판도 달아야 하는데 돈이 많이 들어간다는 것이다.

"내가 돈 벌러 다니는데 왜 큰돈을 들여야 하냐고?"

아빠가 말도 안 된다는 제스처를 취했다.

지입이 아니면 배달 일을 할 수 없는 거라서 차 살 능력이 안 되는 아빠는 어쩔 수 없이 못 다니게 됐다는 거였다. 아빠가 그동안 익힌 이 동네의 길과 주소는 우대 경력이 되기는커녕 아무짝에도 쓸모가 없었다.

"걱정 마!"

아빠가 큰소리쳤다.

"이런 일은 많아. 요즘 젊은 사람들은 쪽팔린다고 안 해."

아빠는 또 소주를 마셨다.

"나나 되니까 쪽팔리지만 하는 거야."

아빠는 대단한 일을 하는 것처럼 말했다.

삼겹살 맛이 떨어졌다.

"저건 뭐야?"

식탁 위에 못 보던 노트북이 보였다.

"응. 계약금 받은 거로 샀어. 중고. 그런데 깡통이야."

"깡통이라니?"

"아무것도 없어. 잠깐만 이리 와봐."

엄마가 아빠 모르게 살짝 눈짓을 했다.

엄마한테 몸을 기울였다.

"내일 원장님한테 시디 받아 와."

"그게 무슨 말이야?"

"그냥 받아 오면 돼."

엄마는 더 이상 아무 말도 하지 말라고 손가락을 입에 댔다. 그러잖아도 눈치 없는 아빠는 계속 소주만 마셨다.

포만감이 드니까 기분이 좀 나아졌다.

나도 참 단순한 여자다.

씻지도 않고 누웠는데 보경이한테 문자가 왔다.

― 자니.

― 아니.

― 왜?

― 좋은 소식…….

― 뭔데?

― 너 돈 벌게 해줄게.

― 뭔 소리?

― 너 로맨스 써라.

― 그게 무슨 말?

― 너, 그거 잘 쓰잖아!

한밤중의 홍두깨도 아니고 도대체 무슨 말인지 몰라서 통화 버튼을 눌렀다.

보경이의 제안에 솔깃했다. 정말 그렇게 될 수 있을까. 실현 불가능할 거 같지는 않았다. 돈을 벌 수만 있다면…… 잠도 자지 않고 쓸 수 있을 거 같았다.

난 보경이에게 고백했다.

이미 쓰고 있노라고.

보경이는 자기에게 얘기하지 않았다고 화를 내는 대신 작전을 짰다.

조회 수를 올리게 쓰는 법.

눈길 끄는 제목을 정하는 법.

로맨스 법칙에 따른 스토리.

창작 욕구가 꿈틀거렸다.

거실과 주방이 조용했다. 아빠와 엄마 모두 잠이 든 거 같았다.

노트북을 내 방으로 가져오려고 했는데…… 아직 쓸 수가 없어서 포기했다. 내일은 수업이 없지만 학원에 가서 시디를 받아 와야겠다.

도대체 엄마와 원장님은 무슨 사이일까.

"엄마가…… 시디를 받아 오라고 해서요."

나는 어정쩡하게 말했다.

"잠깐만."

원장님이 자기 방으로 들어갔다가 나왔다. 수업 준비로 바쁜 듯했다.

"저기요……."

"왜?"

원장님이 읽고 있던 종이에서 눈도 떼지 않고 말했다.

"저희 엄마랑 어떻게 아는 거예요?"

"엄마가 얘기 안 했니? 예전에 같이 공부하던 문우라고."

문우.

정신적인 친구.

그런 뉘앙스로 들렸다.

더군다나 원장님의 변함없는 목소리엔 그런 뜻이 들어 있었다.

그런데 왜 학원에 처음 왔을 땐 서로 아는 척을 안 했을까.

집으로 가는 좌석버스를 탔다.

보경이가 말한 로맨스를 오늘부터 써볼 작정이었다. 어떤 걸 쓸지 대충 머릿속으로 잡아놓긴 했다. 다른 것도 읽어봤지만 뭐 대단하지도 않았다. 나도 그 정도는 쓸 수 있을 거 같다는 근거 없는 자신감.

　문제는 학교 공부가 아니라 학원 숙제였다. 학교는 숙제도 없고 그냥 가면 되는데 학원은 숙제를 꼭 해 가야 했다. 내 스스로 무덤을 판 꼴이었다.

　엄마는 그 시디를 가지고도 어떻게 하는지 헤맸다. 늙은 엄마보다는 내가 나았다. 윈도와 한글을 깔았다.

　엄마는 신이 났다. 노트북만 있으면 글이 저절로 써지기라도 할 듯이 좋아했다.

　엄마가 노트북을 가지고 있을 동안 나는 잠을 자두기로 했다. 어쩔 수 없이 밤에 해야 했다. 작가는 야행성이지 않던가. 못 잔 잠은 학교에서 자면 됐다. 생산적인 잠을 자는 보람도 있을 것이다.

　드디어 시간이 됐다.

　알람 시간을 안전하게 세 시로 맞추어놓았다.

　역시 아빠와 엄마는 누가 업어 가도 모를 만큼 깊이 잠들어 있었다.

　난 손으로 하는 것은 누구에게 뒤지지 않을 정도로 빠르다. 손에 기름칠 한 것도 아닌데 리듬을 타듯이 손가락이 춤추는 것처럼 막 날아다녔다. 생각과 동시에 손가락이 저절로 움직인다고나 할까.
신이 나고 재미있었다.

다 쓰고 나서 사이트에 올렸다.

프로 정신을 가지고 쓴 게 처음이라서 막 떨렸다. 1회.

학원 숙제를 할 때는 한 줄 쓰는 것도 참 어려웠다.

새벽 다섯 시 삼십 분. 잠을 자면 못 일어날 거 같았다.

배가 많이 고팠다. 육체노동뿐 아니라 정신노동에도 많은 에너
지가 소비된다.

라면을 끓여 먹었다.

대충 씻고 교복을 입고 집을 나섰다. 차라리 학교 가서 푹 자는
게 낫다. 지각을 하고 담임한테 잔소리를 듣는 것보다는 나았다.

버스에는 아무도 없었고 나는 이어폰을 꽂고 맨 뒷자리에 앉았
다. 뭔가 행복한 기분이 마구 올라왔다.

하루 종일 비몽사몽 헤맸다. 그러는 사이 보경이는 내 손톱에 또
다른 그림을 그려놨다.

"앙증맞다."

"그렇지?"

보경이가 눈을 치켜떴다.

"그 사람 콘셉트에 맞게 해주는 게 내 노하우야."

보경이가 자기가 그린 내 손톱을 뿌듯한 눈으로 내려다봤다.

"베스트셀러 작가에게는 노트북과 머그잔…… 괜찮은 조합이잖아?"

"그래."

기운이 없어서 고개를 끄덕거렸다.

"대박!"

보경이가 핸드폰을 들여다보다가 소리쳤다.

"네 거 1회인데 조회 수 장난 아닌데……."

보경이가 손가락으로 화면을 마구 문질러댔다.

"엄청 재밌는데……."

갑자기 보경이가 벌떡 일어서더니 앞으로 달려 나갔다. 보경이는 칠판 오른쪽에 사이트 주소를 썼다.

그리고 그 아래 내가 쓴 로맨스의 제목과 필명을 같이 써놨다.

"분홍 손가락?"

누군가 물었다.

"필명 죽이지 않냐?"

보경이가 너스레를 떨었다.

"난 매니저라고나 할까."

보경이는 스스로 그렇게 칭했다.

나를 아는 아이들이 읽는다고 생각하니 쪽팔렸다.

하지만 쪽팔림은 순간이다. 대신 조회 수는 마구 올라갔다. 아이들은 금세 아는 아이들한테 톡을 날렸고, 무료한 일상에 지친 아이들은 열광적인 반응을 보였다.

그 이후, 보경이는 매니저로서 나름 바쁘게 일을 했다.

자기가 아는 모든 핸폰 번호와 사람들에게 부탁과 협박을 했다. 조회 수와 인기도로 공모전 수상작을 뽑기에 보경이의 역할은 절대적이었다.

"스타 됐네."

보경이가 신나는 목소리로 말했다.

"자고 일어나니까 유명해졌다, 맞네."

보경이가 아직도 잠이 깨지 않은 내 얼굴에 자기 얼굴을 들이대고 말했다.

"넌 정말 오늘 학교에 와서 계속 자기만 했네."

"이제 집에 가야지."

"좋겠다."

얼른 집에 가서 자고 싶은 마음뿐이었다. 쪽잠은 아무리 자도 개운하지 않다. 버스 창에 몇 번인가 머리를 부딪치고서야 종점까지 왔다.

엄마한테 말도 없이 방으로 들어가 누웠다. 저녁도 먹지 않고
잤다.

새벽 세 시.

배가 고팠다. 일단 먹고 일을 시작하려고 라면 물을 올렸다. 끙끙
거리는 소리가 났다. 뒤를 돌아봤다. 거실에서 자던 아빠가 일어나
앉아 있었다.

"아빠, 왜 그래?"

"눈이 아파. 답답해."

아빠 목소리가 이상했다.

물이 끓어서 라면을 넣었다. 불지 않게 몇 분만 끓여서 불을 껐다.

야밤에 먹는 라면 맛은 최고였다. 이럴 땐 뱃살이고 열량이고 따
질 마음이 없다.

사는 게 뭐 별거 있나? 맛있는 거 먹고 즐겁게 살아야지.

배도 부르고 이제 일 좀 해볼까 하고 엄마의 노트북을 방으로 가
지고 왔다.

먼저 어제 올린 글을 들여다봤다. 조회 수도 놀랍지만 댓글도 많
았다. 마음은 답글을 달아주고 싶지만 시간도 없고 또 그러면 너무

아마추어같이 보일 거 같았다. 연예인들이 자기 댓글에 답글을 안 다는 것과 마찬가지다.

신나는 마음으로 2회를 썼다. 한 번 써서 그런지 처음보다는 시간이 짧게 걸렸다. 분홍 손가락답게 난 무지하게 빠르게 글자를 친다. 오자가 아니라 맞춤법을 몰라서 틀리게 쓰긴 하지만 말이다.

뿌듯한 마음으로 2회를 올리고 다시 1회의 댓글을 보려는데 비명 소리가 들렸다. 곧이어서 벽을 막 두드리는 소리도 났다.

밖으로 뛰어나갔다.

아빠가 거실 벽 앞에 서서 머리를 박았다.

"왜 그래?"

아빠가 손으로 벽을 쾅쾅 치며 울부짖었다.

"쓰라려 죽겠어. 안 보여."

아빠는 계속 벽을 손으로 쳤다.

"왜 그래? 어디가 아픈 거야?"

자다가 일어난 엄마도 아빠 뒤에서 소리쳤다.

"눈이……."

아빠는 눈이 아프다고 했다. 그러면서 이번엔 가슴을 치고는 그대로 누워버렸다.

아무래도 보통 일이 아닌 거 같았다.

"119 불러야 될 거 같아."

나는 아빠처럼 정신이 없는 엄마를 대신해서 119에 전화를 했다. 다행히 10분 안에 도착한다고 1층으로 나와 있으라고 했다. 특별한 응급처치가 없는지 안정을 취하고 있으라는 말만 했다.

엘리베이터 안에서도 아빠는 자기 가슴을 막 쳤다.

"아빠, 무슨 일 있었어?"

아빠가 왜 갑자기 이러는지 알 수가 없었다. 아빠는 제정신이 아니었다.

응급차에는 엄마만 탈 수 있었다.

불안했다.

아빠가 잘못되면 어떻게 하나.

잠도 오지 않았다.

싱크대에 내가 먹은 라면 그릇과 설거지 그릇이 가득이었다. 엄마는 요즘 글을 쓴다고 집안일을 거의 하지 않았다. 설거지를 했다. 잡동사니가 가득한 식탁 위도 정리했다.

핸드폰을 들여다봤다. 아직 연락이 없었다. 병원에 가고 싶어도 새벽이라 차가 없다. 택시비가 있으면 달려가고 싶었다.

전화가 왔다. 엄마였다.

"아빠 괜찮아?"

"응."

"왜 그런 거야?"

"집에 가서 얘기해줄게."

엄마가 지친 목소리로 얘기했다.

답답해서 1층으로 내려갔다. 낮에는 여름처럼 더웠지만 새벽이라 공기가 차가웠다. 몸을 움츠리고 왔다 갔다 하는데 택시가 왔다.

앞으로 갔다. 엄마가 먼저 내렸다. 엄마는 차 안으로 몸을 기울이고 아빠의 손을 잡았다. 아빠는 엄마 손을 잡고 엉거주춤 내렸다.

아빠 양쪽 눈의 하얀 안대.

엄마 손을 잡은 아빠는 한 걸음도 제대로 걷지 못했다. 바보처럼 움찔거리며 엄마의 손을 꼭 잡고 발걸음을 뗐다.

"아빠!"

너무 놀라서 말을 할 수 없었다.

"괜찮아."

아빠는 다시 예전의 목소리로 돌아왔지만 왠지 예전의 아빠 같지 않았다.

나도 아빠의 한 손을 잡았다. 땀이 밴 축축한 아빠의 손을 잡자 아빠도 내 손을 꼭 잡았다. 아빠와 처음 손을 잡는 거 같았다. 엘리베이터 안에서도 아빠는 내 손을 놓지 않았다.

엄마와 나는 아빠를 침대에 눕혔다.

"이제 자. 의사가 푹 자라고 했잖아."

엄마는 아이한테 하듯이 말했다.

거실로 나오자 엄마는 그대로 바닥에 누웠다.

"아빠 왜 저런 거야?"

"참, 돈 벌기 쉽지 않다."

엄마가 길게 한숨을 쉬었다.

아빠는 마트 일자리를 잃고 다시 취직을 해서 오늘 처음 나갔다고 했다.

용접 기술자가 되면 늙어서까지도 일할 수 있다고 해서 오늘 처음 용접하는 공장으로 갔다고 했다. 외국인 노동자들이 있는 작은 공장에서 처음 일했는데 저렇게 됐다고 했다.

"불똥이 눈에 튀어서 각막이 손상돼서 엄청 쓰라릴 거래."

엄마가 조용히 말했다.

"아무나 하나?"

엄마가 어이없다는 듯이 말했다.

눈물이 났다. 아빠가 어쩌다가 이 지경까지 왔는지 모르겠다. 아빠도 남들처럼 대학도 나오고 대기업도 다니고 가게 사장도 했었는데…… 아빠가 사기꾼도 아니고…….

또 오빠가 생각났다. 군대에 있는 오빠한테 올인 하느라 이제는 아무것도 남아 있지 않고 늙은 아빠. 아무것도 할 수 없는 아빠가 가장인 우리 집.

우리 집은 앞으로 어떻게 되나?

엄마는 갱년기

"끝이다."

엄마가 만세를 불렀다.

"뭐가?"

"다 썼어."

엄마는 대단한 일을 했다는 자부심으로 가득 찼다.

엄마는 저녁때가 다 된 시간인데 외출 준비를 시작했다.

"어디 가?"

"이거 끝냈으니까."

엄마는 침대 위에 옷을 잔뜩 어질러놓고 또 옷을 입어봤다.

"아빠는?"

"오늘부터 어디 나간다고 갔어."

"어디?"

"몰라."

엄마는 남의 일 얘기하듯이 말했다.

나야말로 오늘은 푹 자고 싶었다. 그동안 매일 쓰느라 손가락에 경련이 날 정도였다. 내가 생각해도 대단했다. 이렇게 길게 글을 쓸 줄은 몰랐다.

중요한 건 다 쓰기도 전에 다음에 쓰고 싶은 게 생각났다는 거였다. 당장 쓰고 싶었지만 그래도 충전을 좀 하고 쓰는 게 나을 거 같았다.

잠을 자기 전에 배부터 채워야 했다. 나의 주식 라면.

아빠 소리에 잠이 깼다. 아빠는 소주가 든 검정 비닐봉지를 식탁에 올려두고 화장실로 갔다. 화장실에서 나온 아빠 얼굴이 빨갰다.

"아빠 얼굴이 왜 그래?"

"응…… 그냥……."

아빠가 얼버무렸다.

"아빠, 이번엔 무슨 일인데?"

난 말썽 피우는 어린애한테 야단을 치듯이 말했다.

"밥이나 먹자. 배고파."

아빠는 밥을 먹자면서 소주잔 먼저 식탁에 놨다.

"엄마는 늦는대."

엄마가 아빠한테 어디를 간다고 문자는 남겨놓았나 보았다.

먹다 남은 김치찌개에 계란 프라이 세 개를 하고 마른 멸치를 꺼내 놨다. 아빠는 밥 대신에 술을 마셨다.

"아빠, 이번엔 무슨 일인데?"

"그게······."

아빠는 술 냄새를 풍기며 장광설을 늘어놓았다.

"아빠는 왜 맨날 그런 위험한 일만 해?"

나는 아빠의 얘기를 듣자 화가 났다.

아빠가 하는 일은 위험 1군에 들어갈 정도였다. 용광로에서 철을 녹이는 일이라고 했다. 얘기만 들어도 무서웠다.

거기다가 아빠는 고소공포증까지 있었다.

추락.

생각만 해도 끔찍했다.

이제 곧 한여름인데 얼마나 뜨거울까.

아빠는 얼마나 피곤한지 소주병을 비우자 바로 일어나서 씻고는 잠자리에 들었다. 코를 얼마나 심하게 고는지 옆집까지 다 들릴 정도였다.

실컷 자려고 했는데 잠이 오지 않았다. 엄마는 아직도 오지 않았다.

깜박 잠이 들었다가 뭔가 이상해서 깼다.

묘한 공기의 냄새.

이게 뭘까.

어두운 거실로 나가자 저절로 발걸음이 베란다로 이끌렸다.

"악!"

나는 비명을 지르고 말았다.

베란다 방충망까지 열어놓은 채 엄마가 발을 난간에 딛고 아래를 내려다보고 있었다. 무릎 아래까지 오는 원피스를 입고 머리를 산발한 엄마. 귀신처럼 보이는 게 문제가 아니라 그대로 아래로 떨어질 것만 같았다.

"엄마!"

나는 비명을 지르면서 엄마한테 뛰어가서 엄마를 꼭 잡았다.

"왜?"

자던 아빠까지 일어났다.

엄마는 너무도 태연히 난간에서 내려오더니 한마디도 없이 화장실로 들어갔다.

자살. 갱년기.

두 단어가 떠올랐다.

둘 다 끔찍했고 엄마와는 상관없을 줄 알았다.

방에서 엄마의 샤워 소리를 들었다. 엄마는 오래도록 샤워를 했다. 물소리가 멈추지 않고 계속됐다.

우울했다. 그래도 난 고3인데…… 대접을 받기는커녕 엄마 아빠 때문에 영 기분이 아니었다.

"왜 그래?"

보경이가 내 기분을 눈치채고 물었다.

"그냥……."

"너 지금 난리 났어."

보경이가 정신 차리라고 이마를 살짝 때렸다.

"뭐가?"

"완결됐잖아. 댓글 장난 아니던데. 계속 이어서 써달라고."

"그래?"

시큰둥했다. 내가 쓴 글을 아무리 많이 읽으면 뭐하나?

"내가 매니저잖니…… 그래서 다 생각했어."

보경이는 자기 마음대로였다.

보경이는 도안을 그리던 작은 스케치북을 덮더니 핸드폰 계산기를 앞에 놓았다.

"자, 봐봐."

보경이는 무슨 계산을 하는지 고개는 핸드폰에 처박고 뭐라면서 손가락을 눌러댔다.

"어때?"

보경이가 계산기를 내 얼굴 앞에 디밀었다.

"만약에 유료라면……."

"이론상 계산은 그렇지. 실제와 다른 게 함정이지."

아빠의 계산법이 늘 그랬다. 하루의 손님이 몇 명, 일 매출이 얼마, 그래서 한 달 매출이 얼마 하는 식의 계산. 그 계산대로 가면 좋겠지만 그렇지 않았다.

"그러면 좋겠다."

"희망 사항이 아니라……."

그 말을 들으며 나는 다시 책상에 엎드렸다. 졸음이 쏟아졌다. 꿈을 꿨다. 뭔가 반짝반짝거리는 꿈.

집으로 가는 버스에서도 창문에 고개를 박고 졸았다. 핸드폰의 진동음이 울렸다. 카톡도 문자도 아니다. 쪽지가 왔다.

'웬 쪽지?'

졸린 눈을 비비며 읽었다.

이게 꿈인가? 아직 잠이 덜 깬 건가?

눈을 크게 뜨고 창밖을 내다봤다. 늘 지나가는 거리였다. 거의 집에 다 왔다. 쪽지를 그대로 둔 채 버스에서 내렸다. 햇빛 때문에 핸드폰의 화면이 보이지 않았다. 얼른 집으로 가는 게 최선이었다.

문을 열자 집 안이 어두웠다. 엄마가 거실에 커튼을 쳐두고는 소파에 멍하니 앉아 있었다. 불러도 대답도 하지 않아서 쪽지를 확인하려고 방으로 들어갔다.

꿈이 아니었다. 내 글이 좋다고 계약을 하고 정식으로 연재를 해보자는 거였다. 전화번호를 알려주면 바로 연락을 준다고 했다.

"와아!"

나는 혼자서 방방 뛰었다.

거실로 달려가서 엄마에게 핸드폰을 들이밀었다.

"이것 봐!"

엄마는 반응이 없었다.

"엄마?"

찬찬히 엄마 얼굴을 들여다봤다. 무표정한 엄마 얼굴에 눈물 자국이 보였다. 엄마의 눈에서는 계속 눈물이 흘러내렸다.

"무슨 일 있어?"

엄마는 말이 없었다.

"왜 그러냐고?"

"살고 싶지 않아!"

엄마 목소리가 섬뜩했다.

엄마가 이상했다. 달라졌다. 조울증처럼 막 좋았다가 벌컥 화를 내기도 했지만 요즘처럼 우울이 오래가는 건 처음이었다. 더구나 엄마는 계약을 하고 나서는 의욕이 넘쳐났다. 그런데 왜 갑자기 세상이 끝나는 것 같은 얼굴일까?

"다시 쓰래."

엄마가 조용히 말했다.

"그거? 다시 쓰면 되지. 처음부터 쉽게 오케이 받을 생각 했어?"

한 번에 통과되는 게 욕심 아닌가.

"내가 그렇게 늙었어?"

엄마가 바보처럼 물었다.

참 대답하기 난감했다.

당연히 늙었지.

하지만 지금 분위기로 봐서는 솔직히 대답했다가는 다시 베란다 난간으로 달려갈 거 같았다.

"아니. 엄마 동안이잖아. 오빠 애인이냐고 그랬다며?"

"그렇지?"

엄마의 목소리가 반짝했다.

"여우 같은 년이…… 나보고 아줌마래……."

엄마는 억울해 죽겠다는 듯이 말했다.

기가 막혔다. 그럼 사십도 훨씬 넘은 여자를 뭐라고 불러야 하나?

"그년이 잘못했네……."

왜 난 이렇게 엄마 비위를 맞추는 거지? 난 대접받아야 하는 고3인데…….

엄마 기분이 나아지고 원기 회복도 되도록 삼겹살을 먹기로 하고 엄마를 밖으로 내보냈다.

"고기 사 오면서 햇빛도 쐬여. 비타민D가 부족하면 우울하고 노화도 빨리 된대."

진심이었다.

"그래? 알았어."

귀가 얇은 엄마는 얼른 옷을 갈아입고는 나갔다.

나는 재빨리 쪽지에 답장을 보냈다. 가슴이 두근거렸다.

오늘 밤까지 올려야 하는 학원 숙제는 하지도 않았지만 걱정도

안 됐다.

자꾸 핸드폰을 들여다보게 됐다. 보경이에게 톡을 보냈다.

– 매니저에게 말도 안 하고.

– 계약하자면?

– 조건을 봐야지.

– 뭔 조건?

– 그거 잘못하면 노예 계약.

– 내가 무슨 연예인도 아니고.

– 똑같다고!

– 그럼 어떻게 해.

그때였다. 전화가 왔다. 보경이에게 말도 없이 전화를 받았다.

"분홍 손가락이신가요?"

젊은 여자 목소리였다.

"네."

"반가워요. 글 재미있어요. 그래서 정식으로 유료 연재를 해보시
라고요. 어디 다른 데 연재하고 있는 데 있나요?"

"아니요. 처음이에요."

"그러신 줄 알았어요. 분홍 손가락으로 검색되는 게 없어서요."

젊은 여자는 내가 모르는 얘기를 많이 했다.

내가 연예인도 아닌데 매니지먼트니 계약이니 윈윈이니 하는 말을 썼다. 잘 이해할 수 없으나 나로서는 나쁠 게 하나도 없었다. 나는 그야말로 잃을 것도 없기 때문이다.

"뭐 궁금한 거 있으면 물어보세요."

"돈은 얼마나 벌 수 있어요?"

"마음먹고 노력한 만큼요."

핸드폰 속 여자의 목소리는 농담기 하나 없는 진지한 목소리였다.

"억대를 버는 사람은 거저 버는 게 아녜요. 잠도 못 자고 먹지도 못하고 치열하게 써요. 그렇게 되고 싶어요?"

"네."

당연히란 말은 하지 못했다.

"도와줄게요."

"정말요?"

"아직 어리잖아요. 더 가능성이 많죠."

"제 나이를 아세요?"

"여러 가지로 추측한 결과 여고생이라는 생각이 들어서요. 맞죠?"

"네, 고3이에요."

"잘됐네요."

"뭐가요?"

"딱 좋은 나이예요. 이것도 아무 때나 쓸 수 있는 게 아녜요. 그 나이엔 망설임 없이 못 쓸 게 없죠."

"소설은 어느 정도 경험도 있어야 하고…… 책도 많이 읽어서 간접 경험도 있어야 하는 거 아닌가요?"

"전혀요. 감각과 센스죠."

첫 키스의 향기

학원으로 가는 길이 새로웠다. 너무 졸려서 눈을 제대로 뜨지 못해서일까.

분식집에 가서 매운 떡볶이를 시켰다. 잠이 좀 깨는 거 같았다.

편의점으로 가서 소프트아이스크림을 사서 천천히 핥으며 카페 안에 있는 사람들을 구경하며 걸었다. 카페 안의 누구와 눈이 마주치면 뭐 어쩌라고, 하는 불량스런 눈빛을 보냈다. 교복을 입고 있으면 이럴 땐 좋았다.

"이제 가니?"

수홍이다. 수학 박사가 되겠다는 꿈을 가지고 있으면서도 글을 쓰는 이상한 소년. 더군다나 수학과를 가서 수학 박사가 되겠다는, 나로서는 도저히 이해 못할 꿈.

"아이스크림 묻었다."

수홍이가 눈으로 내 입술을 가리켰다. 손으로 입술을 닦기도, 혀로 핥아내기도 민망한 순간이지만 혀를 선택했다.

"카페 안을 왜 그렇게 열심히 들여다봐?"

"아니, 뭐."

이 나쁜 놈, 뒤에서 나를 보고 쫓아왔단 말인가. 기분이 나쁘지만 뭐라고 딱히 할 말도 없었다.

"들어갈래?"

수홍이가 지나치고 있던 카페를 가리켰다.

"어? 학원은?"

너무 뜻밖이었다.

"뭐 어때? 매일 똑같은 얘기. 그런 얘기 듣는다고 글이 잘 써지냐?"

"옳은 말씀."

수홍이가 내 팔을 잡고는 카페 문을 밀었다.

"창가에 자리 있다."

수홍이한테 팔이 잡힌 채로 카페 안으로 들어섰다. 창가 자리에 나를 앉혔다. 둘이 마주 보는 게 아니라 길거리를 보면서 나란히 앉는 자리였다.

엄마가 학원을 빼먹은 걸 알면 뭐라고 할지 뻔하다. 학원비가 얼마인데, 그러면서 날 잡아먹으려고 할 텐데.

나를 보고 있는 것처럼 엄마한테 문자가 왔다.

— 열심히 해, 삼겹살.

나는 얼른 문자를 지웠다.

"아이스초코. 오늘 너한테 필요한 거."

수홍이가 유리잔을 내려놓고는 앉았다.

흰 거품과 갈색 시럽이 하트 모양으로 그려져 있는 아이스초코를 폰으로 찍어서 보경이한테 보내고 싶었지만 참았다.

"너도 다이어트 하니?"

수홍이가 물었다.

"아니."

"그럼 됐고."

내가 조금 통통하긴 하지만 그렇다고 죽어라고 다이어트를 할 정도는 아니다. 그리고 설사 그렇다 하더라도 어떻게 여자한테 대놓고 그런 말을 할 수 있는 건지 매너가 없다.

"여자들은 무조건 말라야 이쁜 줄 아는데 난 조금 통통한 여자가 귀엽고 좋아."

뭐지? 이거 프러포즈인가?

착각하지 말자.

나는 빨대로 하트를 흩뜨려놓으며 마셨다.

"수학과 간다며 학원은 왜 다니는 거야?"

나는 궁금한 걸 물었다.

"그냥. 집에서는 수학과를 가지 말라고 하고 나는 다른 것은 공부하고 싶지 않아. 수학에도 다른 예술처럼 재능이 있지. 수학과 글은 필수불가결한 관계라고나 할까. 모든 수학의 증명이나 설명은 글로써 하는 거잖아. 그리고 수학을 잘하면 글도 잘 쓰고. 글을 써지는 대로 쓴다는 건 무책임한 거지. 적어도 무슨 말인지는 알아듣게 써야 하는 거지. 이런 걸 구성이라고 하는 거지, 아마도."

뭐야? 가볍게 던진 말에 이런 진지함이라니…….

내 취향은 아니다.

거기다가 화까지 났다.

전교 1, 2등을 한다는 집안 좋은 놈이 수학 공부 보조의 개념으로 자신의 문학적 재능을 확인하러 다니고 있다니…….

"너 문학적 재능은 아닌가 보지? 아직 공모전에서 수상한 적 없다며. 심사 위원도 못 알아보는 그런 천재적인 글인가?"

나도 모르게 비웃는 말투가 돼버렸다.

수홍이가 피식 웃다가 조금 화난 눈빛으로 바라봤다.

"난 작품 낸 적 한 번도 없어."

더 이상한 놈이다. 그런데 왜 돈까지 내가며, 아까운 시간까지 버리며 학원을 다니냐고?

"왜?"

나는 너무 이상하다는 표정으로 수홍이를 쏘아봤다.

"내가 너한테 다 얘기해야 하는 건 아니잖아?"

"그래, 하기 싫으면 하지 마."

친구도 아니고 아무것도 아닌 관계.

"만약에 내가 상을 타고 특기생으로 대학에 갈 수 있다면 우리 부모는 나를 그 대학에 보내려고 할 거야."

수홍이가 말을 했다.

"수학과는 반대하는 부모님이 문창과는 괜찮다는 거야?"

호기심 때문에 말을 받아주었다.

"아니. 수학과는 절대로 안 되지만 문창과는 그래도 양보할 수 있다는 거지. 왜냐하면, 글을 쓰는 것은 세상과 교류하는 거야. 인간에 대한 관심이 있는 거지. 골방에 갇혀서 자신만의 세계에 있어서는 안 되거든. 하지만 수학자는 세상과는 담을 쌓고 자신의 공부에만 매달리거든. 실제로 자신이 증명한 법칙을 다른 사람이 발표한 것도 모르고 뒤늦게 발표했다가 바보가 된 수학자도 있지. 그 수학자는 평생 제일 어려운 공식을, 증명할 수 없는 공식을 증명하기 위해 젊음을 바치고 평생을 헌신했지. 그 수학자의 집도 부유했지만 다른 형제들이 가업을 이어받아서 공부할 수 있는 행운을 얻었지. 집안사람들에게는 미친 수학자라는 말을 들었지만. 멋지지 않아? 그런 삶. 어찌됐든 소설, 거기에는 사람의 인생, 삶이 있다는 거야. 그래서 곧 회사 경영에 도움이 된다는 거지. 우리 부모님, 그래도 경영자로서는 훌륭한 마인드를 가지고 있지 않냐?"

나는 순간 이 세상에서 가장 작은 사람이 된 듯한 초라한 기분을 느꼈다. 앞에 있는 수홍이란 놈이 나였으면 얼마나 좋을까 하는 생각마저 들었다.

"그러면 혼자 글을 쓰지 학원은 왜 나와? 시간이 아깝지 않아?"

나는 어떻게든 수홍이 놈의 약점이나 허점을 헤집고 싶다.

"내 자유 시간의 확보랄까. 집에서도 가깝고. 가끔 이 거리를 걸으면 사람들이 좋아지고. 사람들 속에서 사는 게 좋다는 생각도 들고. 연애도 하고 싶어지고. 아주 잠깐이지만."

나는 아주 잠깐이지만, 이란 수홍이 말에 혹시 나를 경계하는 것이 아닌가 하는 의심이 살짝 들었다.

"널 참 이해할 수 없다. 보통 우리가 갖고 싶어 하는 걸 애써 갖지 않으려는 그 심보. 아직 어리니까…… 세상을 모르니까, 위선이라고 하기에는 너무 빠른가?"

다 가진 자의 오만과 투정이라고 할 수밖에 없는 수홍이의 태도에 자꾸 화가 났다. 승찬이가 수홍이를 보면 심사가 뒤틀리는 이유를 충분히 알고도 남았다.

"이런 성향도 타고나는 것이 아닐까. 그래서 사람들은 나를 싫어해. 친구가 없지. 여자애들도 나를 싫어하더라."

그래도 수홍이에 대한 측은함이 전혀 생기지 않았다.

"어떤 책 읽고 있어?"

수홍이가 물었다.

요즘 난 책 읽을 시간이 없었다.

연재를 하기 전까지는 이야기를 만들어놔야 했고, 또 몇 회 분이라도 써놔야 했다. 일주일에 한 번 연재하는 마감을 펑크 내면 안 됐다. 위약금을 물어내야 했다. 나한테는 정말 무서운 얘기였다.

솔직히 요즘은 예전만큼 잘 써지지도 않는다. 부담감 때문에.

"나는 조금 올드한 책이 좋아. 예를 들면 『아버지의 의자』, 『밑줄

긋는 남자』,『욕조』,『외로운 남자』 이런 거. 지금은 절판돼서 구하기 힘들 거야."

수홍이는 모를 것 같은 책들의 제목을 말했다.

내가 읽지 않은 책들. 나는 그 책들의 제목을 검색했다. 남자들이 여자를 볼 때 입술을 제일 먼저, 오래 들여다본다는 믿지 못할 통계가 있듯이 나는 책의 표지를 보면서 감상을 했다.

"정말 올드하다. 피 냄새도 나지 않는 그런 책들이 왜 좋은 거지?"

"난 그런 분위기가 좋아."

수홍이가 고개를 끄덕거렸다.

"그런데 네 글에서는 아직 그런 분위기가 느껴지지 않아. 내가 보기에는 아메리칸 스타일이라고나 할까. 스토리로 밀고 나가는 거지. 군더더기 없이 이야기로. 심리는 아주 평이하고, 단순하고, 모순적이지 않고. 아직 재능이 드러나지 않는."

수홍이가 그동안 내가 쓴 글을 품평했다.

"그거, 칭찬 아니라는 것쯤 나도 잘 알고 있어. 뭔 소리인지 모르게 겉멋 부리고 쓰는 것보다는 그래도 친절하지 않아?"

나는 무조건 당하는 착한 여자는 아니다.

"재미있다. 솔직히 우리 수업에는 이런 식의 대화가 필요하지 않아?"

하기는 우리는 언제나 원장님의 일방적인 얘기를 들을 뿐이지 서로의 작품에 대해서는 코멘트가 허용되지 않았다.

"네가 읽은 책도 얘기해야 하는 거 아냐? 책은 그 사람의 취향이지. 사생활이랄 수도 있고. 그런데 왜 나만 까발려야 하는 거냐고?"

나는 수홍이를 다그쳤다.

"내가 얘기하면 넌 분명 잘난 척한다고 재수 없다고 할 거 같아서. 지금도 그렇잖아."

수홍이가 내 얼굴을 빤히 바라봤다.

"사실 난 소설도 수학적인 거, 모순되지 않고 계산이 들어맞는 게 좋지. 추리소설 말이야. 추리소설을 쓰려면 스토리와 구성과 트릭을 미리 계산하고 써야지. 일반 소설이 감정과 직관에 따라서 무작정 써 내려간다면 추리소설은 처음부터 끝까지 계산된 거라 우연은 없지."

수홍이가 추리소설을 좋아한다는 건 처음 알았다.

"나랑 취향이 비슷하네."

나는 위험을 감수하고 질렀다.

"그래?"

수홍이가 얼굴을 더 가까이 들이댔다.

"일반 소설은 밋밋해. 특히 좋은 소설이라고 추천받고 상 받은 작품은 따분해. 그런데 추리소설은 말이야, 누군가 죽긴 하지만 그 사람을 죽인 범인이 예상과 다르게 빗나가고, 그 예상외의 범인이 죽일 수밖에 없었던 동기가 인간 본연의 이중적인 악의 편에 있을 때가 있어. 그래서 거기에 고개를 끄덕일 때 어떤 스릴을 느끼지.”

수홍이의 얼굴이 코앞까지 왔다.

“그런 걸 쓰란 말이야.”

수홍이가 말했다.

“그러면 세계적인 베스트셀러 작가가 될 수 있다고.”

수홍이는 참 쉽지 않아, 하는 표정으로 말했다.

로맨스 얘기는 꺼내고 싶지 않았다.

“이제는 가야 할 거 같다.”

나는 먼저 일어섰다.

“이대로 학원으로 갈 거야?”

카페를 나와서 수홍이가 물었다.

“술이나 한잔 하자.”

“응?”

로맨스를 쓰기에는 너무 밋밋한 인생이라서 하루쯤 남자와 술을 마셔도 괜찮지 않을까 싶었다. 교복이 문제였다.

“이거 어떡해?”

손가락으로 이름표까지 있는 교복을 가리켰다.

"사줄까?"

수홍이가 돈이 많다는 건 알지만 여자 친구도 아닌데 좀 망설여졌다.

"가자."

수홍이가 또 팔을 잡아끌었다.

홍대 근처까지 걸어갔다. 옷 가게가 많았다. 수홍이가 먼저 들어가서는 옷을 둘러봤다. 수홍이 앞에서 옷을 갈아입기는 싫었다.

옥신각신 끝에 수홍이가 사준 원피스를 입었다.

학원도 빼먹고 짧은 원피스를 입고 남자와 거리를 활보하는 오후의 햇살이 달달했다.

"내 구역이니까 내가 아는 곳으로 가자."

수홍이가 데리고 간 곳은 번잡한 홍대 합정에서 좀 떨어진 곳이었다.

지하 계단을 내려가 묵직한 나무문을 밀자 종이 울렸다.

"참 짧지 않니?"

수홍이가 물었다.

"뭐가?"

"여름도, 인생도."

수학을 잘하는 남자는 철학자도 쉽게 되는 것인가.

"해가 쉽게 지지 않는 여름이, 그래서 밤이 짧은 여름이 금방 지나가고, 사람에게서 빛나는 순간도 잠깐이고."

수홍이가 하는 말에서 무언가 다른 하고 싶은 말이 있는 거 같아서 들어주기로 했다.

"재능이 있어도 그 재능을 오래도록 누리는 사람은 결코 없어. 젊었을 때의 빛나는 재능을 발판으로 삼아서 살아가는 거지."

이럴 때 도대체 뭐라고 대꾸해야 할까?

"나 이렇게 시간을 보내고 싶지는 않은데."

수홍이의 말에 어이가 없었다.

"너한테 하는 말 아니야. 기분 나빠 하지 마."

금방 내 기분을 알아채는 섬세함까지 있다.

"수학과를 가지 못해서 그런 거야?"

"아니. 그까짓 수학과가 중요한 게 아니야. 내가 지금 내 재능을 발휘해서 공부해야 하는데 어설픈 반항이나 하고."

나는 도저히 수홍이 말을 이해할 수 없다. 세상 어느 부모가 자식이 공부한다는데 못하게 하겠는가. 옆에 있는 이 이상한 놈을 어떻게 해야 할까.

"나도 내가 평범했으면 좋겠어."

정말 이 나쁜 놈은 언제까지 난해한 자랑질을 하려는지 짜증이 슬슬 나기 시작했다.

"세상 모든 것의 기본은 수학이야. 정확한 수학만이 이 세상의 평화와 안전을 지켜주지."

그런가?

"나는 솔직히 왜 수학을 배우는지 이해되지 않는 사람이거든."

수학을 포기한 수포자가 된 게 언제였더라…….

"뭔가 잘못돼서 그런 거야. 공부로서의 수학만이 있어서. 너처럼 말하는 건 무식한 거야. 무식한 사람이 판을 치는 세상이라서 알려고도, 이해시키려고도 하지 않지."

난 잠자코 듣기만 했다.

"시대가 달라져도 말이야, 사람들의 생각은 별로 달라지는 게 없는 것 같아."

도대체 무슨 얘기를 하고 싶어 시대까지 거창하게 들먹이는지 기다리기로 한다. 대신 기네스 맥주를 시켰다. 보고 들은 건 있어서 기네스 맥주 맛이 특별하다는 것쯤은 알고 있었다.

"우리 집이 다 의사 집안이야. 할아버지도 아빠도, 그리고 사촌 형들도. 그래서 나보고도 의사가 돼야 한다는 거지. 그런데 문제는 우리 할아버지와 아빠가 일군 병원이 꽤 크거든. 그래서 내가 이어서 그 병원을 맡아야 한다는 거야. 아무리 실력이 뛰어난 의사, 전문 경영인이라도 다 필요 없고, 오로지 아들, 장손인 내가 맡아야 한다는 게 우리 집안의 이념이지."

기네스 맥주는 씁쓰름했다.

수홍이의 얘기를 듣자 소주 생각이 난다. 정말 재수 없는 얘기다. 남은 맥주를 다 마셔버렸다. 쓴맛이 섞인 쓸쓸함이 서서히 몸속으로 들어가 차올랐다.

이런 얘기는 드라마에서나 나오는 건 줄 알았다.

"너랑 소설은 정말 아니잖아?"

술에 취하지 않았는데도 말끝이 한없이 올라갔다.

"내 자랑 같지만 나는 숫자나 기호에 감각이랄까 재능이 있는 거 같아. 세상에서 제일 재미있는 게 수학 공식을 증명하는 거야. 그래서 수학과를 가고 싶었던 거고. 세상에 위대한 수학자들이 얼마나 많은지 알아? 그런데 중요한 건 그 수학자들의 그 위대한 업적들이 아주 젊었을 때 이루어진 것들이란 거지. 사람의 재능이 최절정일 때는 이십대 초반인 거야. 나도 내 인생에서 내 재능을 살려 뭔가를 해보고 싶다는 거야. 그게 잘못은 아니잖아?"

수홍이가 억울하다는 듯이 말했다.

"수학 공식을 증명하는 게 무슨 의미가 있지? 세상의 평화와 안

전과 무슨 관계인지 난 모르겠는데."

내 말투는 시비조로 달라져 있었다.

"수학 공식이 수학책에 나와 있는 게 전부가 아니거든. 우리의 생명과 직결되는 거야."

"넌 어느 별에서 왔니?"

난 진심으로 물었다.

"뭐?"

수홍이가 웃었다. 가지런한 예쁜 이가 드러나게 웃는 수홍이를 처음 봤다. 그 웃음에 나도 웃음이 터졌다. 아직도 해가 지려면 더 시간이 필요한 지금, 이 카페에는 수홍이와 나만 있고, 우리는 큰 소리로 다시 웃었다.

나는 불량소녀라도 된 듯이 수홍이 얼굴 가까이로 내 얼굴을 들이밀었다.

"그냥 네가 하고 싶은 거 해. 오토바이를 타겠다는 것도 아니고, 대학을 안 가겠다는 것도 아니고, 사고를 쳐서 결혼하겠다는 것도 아니고, 도박을 하는 것도 아니고, 게임 중독도 아니고, 위대한 수학자가 되겠다는데, 그건 칭찬받을 일이야."

나는 마녀처럼 수홍이를 꼬셨다.

"너 같은 인간이 있어야 그래도 이 사회의 정의가 유지되지 않을까."

내가 언제부터 이 사회의 정의를 생각했다고 이따위 말을 지껄이는지 모르겠다. 수홍이에게 네가 하고 싶은 일을 하라고 하는데 나쁜 길로 이끄는 것처럼 끼를 부리고 싶었다.

"수학은 젊은이들의 학문이야. 젊음이 필수 요건이야."

"문학도 그렇지 않을까."

술 취한 나는 한 손으로 고개를 받치고 수홍이 말을 천천히 받아쳤다.

"수학 역사를 통틀어 서른다섯이나 마흔이 넘는 사람이 위대한 발견을 한 경우는 거의 찾아보기 힘들어. 제타 함수의 리만은 서른아홉 살, 적분의 아벨은 스물일곱 살, 갈루아 군은 스무 살 때였어."

"문학에서는 훨씬 더 많아."

나는 그게 누구인지도 모르면서 나른한 목소리로 지껄인다.

"진정한 수학자는 만들어지는 게 아니라 태어나는 거야."

"문학도 마찬가지."

내 말투는 점점 느슨해졌다.

"진정한 수학자의 심리는 예술가와 똑같아. 아름다움을 창조하고 조화와 완벽을 추구하는 사람이야. 이제 내가 왜 글을 쓰려는지 알겠어?"

"아니."

나는 술기운이 올랐지만 절대로 수홍이에게 동의할 수 없다.

"수학은 예술과 같아서 최고가 아니면 아무런 쓸모가 없어. 열심히 노력하면 반드시 대가가 돌아오게 마련인 다른 분야하고는 달라. 수학에서 최고가 되려면 뭔가가 더 필요해. 수학자로서 성공하기 위해서는 재능과 천재성이 꼭 필요해."

"문학도."

나는 수홍이 말에 장단을 맞추었다.

"수학자는 태어나는 것이지 만들어지는 것이 아냐. 천재적인 유전자를 받지 못했다면 평생 헛수고만 하다가 평범한 인간으로 생을 마감하게 되는 거지."

"그래. 나는 문학 유전자를 물려받았지. 우리 엄마가 작가야."

술이 부끄러움을 없애주었다.

"그렇군."

수홍이는 별로 반응하지 않았다.

"그래서 결론이 뭔데. 넌 뭘 어쩌겠다는 거야?"

자기 자랑만 늘어놓는 것 같은 수홍이가 다시 마음에 들지 않았다.

"나는 내가 뭔가를 할 수 있는 지금 내가 하고 싶은 것에 집중하지 못하고, 아니 어쩌면 근처에 다가가지도 못하고 평생을 후회하다가 어영부영 살 거 같아서 불안해. 그리고……."

수홍이가 갑자기 말을 멈추고 나를 봤다.

"왜? 뭐?"

나는 입을 쑥 내밀며 수홍이를 바라봤다.

"지금 키스를 못하면 키스도 못하고 열아홉을 보내게 될 거 같아서."

맥주를 마신 수홍이의 입에서 이상하게도 과일 향기가 났다.

다르게 살 거야

벨 소리가 났다. 인터폰을 들어 보니 아빠였다.

"왜 들어오지 않고……."

현관문을 열자 물에 빠진 생쥐 꼴로 아빠가 서 있었다.

"왜 그래?"

아빠는 넋이 빠진 얼굴이었다. 손에는 젖은 옷을 쥐고 있었다. 아빠가 입고 있는 옷은 아빠 몸에는 큰, 다른 사람의 티셔츠였다.

아직 물기를 떨어뜨리며 서 있는 아빠 손을 잡고 집 안으로 잡아 끌었다. 피곤하다고 자던 엄마도 벌떡 일어나 달려 나왔다.

"빠졌어."

아빠는 죽음의 문턱까지 갔다 온 사람처럼 말했다.

"죽을 뻔했어."

아빠가 혼잣말처럼 했다.

"아무도 없었으면 혼자서 물속에서 죽었을 거야."

아빠는 아직도 정신이 나가 보였다.

"물속에 빠졌어. 수영도 못하는데. 마침 지나던 사람이 막대기 던져줘서 잡고 나왔어."

그러니까 불구덩이에서 꺼낸 쇳덩어리를 식히는 커다란 물탱크가 있는데, 그 통로를 가다가 빠졌다는 거다. 다행히 지나가는 사람이 있었고 물도 뜨겁지 않았지만…… 만약 아무도 아빠를 발견하지 못했다면…….

"그 공장 20년 만에 물에 빠진 사람은 내가 처음이래."

아빠는 아직 충격에서 헤어 나오지 못했다.

"그래. 이제 괜찮아. 씻어."

엄마가 아이를 달래듯이 아빠 손을 잡고 화장실로 들어갔다. 샤워기를 트는 소리가 나고 엄마가 아빠 옷을 벗겼는지 화장실 문이 열렸다가 닫혔다.

침대에 눕자 머릿속이 빙빙 돌았다.

우리 집의 경제가 심각하게 걱정됐다. 아빠는 다시 그 직장에 나가지 않을 것이고 엄마 역시 어쩌면 돈을 받지 못할 수도 있다. 그렇다면…….

"도저히 못 다니겠어."

아빠는 아직 이른 저녁에 소주를 마시며 선언했다.

"걱정이네."

엄마는 긴 한숨을 내쉬었다.

"계약금 받은 것은 다 썼고…… 나머지 돈은 언제 받을지도 모르고……."

한숨이 나오는 건 나도 마찬가지였다.

"이제 학원비도 내야 되는데……."

엄마가 내 눈치를 보며 말했다.

"안 다닐래."

나는 고개를 저었다.

"뭐?"

"안 돼."

엄마와 아빠는 동시에 안 된다고 했다.

"나 문창과 별로 가고 싶지 않고…… 대학도 가고 싶지 않아."

"안 돼!"

이번에도 엄마와 아빠는 동시에 소리를 질렀다.

"대학은 꼭 가야 돼!"

또 엄마와 아빠가 같이 말했다.

"대학 나와서 뭐해?"

이번엔 둘이 똑같이 입을 다물었다.

"아직도 세상을 몰라?"

엄마 아빠가 답답했다.

"대학 나오지 않고도 성공한 사람이 얼마나 많은지 몰라?"

엄마 아빠는 벙어리가 된 것처럼 나를 바라보기만 했다.

"시시한 대학 가느니 안 가고 말 거야."

"갈 수는 있고?"

엄마가 툭 던졌다.

"대학 나와서도 공장 다니잖아?"

왜 그 말이 튀어나왔을까?

하필, 오늘.

아빠는 공장에서 물에 빠져 죽을 뻔하고, 엄마는 자서전 원고를 퇴짜 맞고…… 그러면 다시 공장으로 가야 할 수도 있는데…….

그 순간 눈앞이 번쩍했다.

엄마가 손을 뻗어 나를 쳤다.

처음이었다. 이런 식으로 맞아보기는.

"싸가지 없게······."

엄마의 목소리가 떨렸다. 뿐만 아니라 눈물도 흘러내렸다.

아빠는 화석이 된 듯 가만히 그 자리에 앉아 있었다.

지금 내 나이가 몇 살인데······.

억울했다. 내가 틀린 말을 하는 것도 아닌데. 너무 서러워서 울음소리가 커졌다.

엄마도 아빠도 아무 말 하지 않았다. 오히려 우는 나를 내버려두고는 둘이서 방으로 들어갔다.

온몸이 부들부들 떨렸다.

나도 방으로 들어와 침대에 누웠다. 서러워서 계속 눈물이 흘러내렸다.

그동안 내가 얼마나 참았는데······ 오빠한테는 그 비싼 돈 들여서 바이올린 사주고 레슨비 내주고······.

그뿐인가? 오빠와 나를 차별한 게······.

울다가 어느새 잠이 들었나 보았다. 자다 깨니까 불이 다 꺼지고 조용했다.

식탁으로 가서 노트북을 들고 왔다.

이제부터 더 열심히 써야 했다. 유료 연재를 하기 위해선 전략과

필력이 필요했다.

로맨스 불변의 법칙. 이런 게 아직도 여전히 존재했다. 적을 알아야 하는 것처럼 나 역시 로맨스를 대충은 섭렵했다. 끝까지 읽지 않아도 알 수 있는 거.

설정이 중요했다. 비슷한 설정이 많다는 건 법칙의 한 가지일 뿐이다. 전문 용어로 클리셰.

나는 바로 쓰기 시작했다. 손가락이 리듬을 탔다. 생각을 하는 것과 동시에 손가락이 움직이기 시작했다.

1회 분량이 넘쳤다. 내가 쓴다고 해서 곧바로 연재와 계약이 되는 게 아니라 원고 검토에 오케이가 나면 계약이 되는 것이다.

다시 아침이 됐다.

엄마 아빠가 일어나기 전에 얼른 집을 나왔다. 얼굴을 마주 보기 싫었다. 다행히 오늘은 학원 가는 날이라서 집으로 오면 둘 다 자고 있을지도 몰랐다.

"특강?"

"여름방학 특강이래⋯⋯."

승찬이가 불만스런 표정을 지었다.

"특강이라고 두 배를 내는 건 좀 그렇지 않아?"

승찬이가 투덜거렸다.

"헐! 난 돈이 없어서 못 다니겠다."

사실이었다.

그렇지만 수진이를 비롯한 다른 애들은 바로 등록을 한다고 했다.

"난 도저히 얘기 못하겠어."

승찬이가 울상을 했다.

"돈 몇 만 원 아끼느라 알바생도 안 쓰는데……."

승찬이가 옆에 앉아서 계속 얘기했다.

"뭐 얼마나 대단한 걸 가르친다고?"

"현역 작가들이 온대."

"누군데?"

승찬이가 말한 작가들은 무식한 나는 한 번도 들어보지 못한 사람들이었다.

"빅뉴스가 있어."

승찬이가 의미심장한 미소를 지었다.

"뭔데?"

"원장님 특강 기간 동안 해외여행 간대. 그것도 애인이랑."

"누가 그래?"

"들었어. 여행사에서 온 전화…… 통화하는 거."

"뭐 그럴 수도 있지."

그게 뭐 대단한 일인가.

"근데 그 애인이 누군지 알았어."

그때 원장님이 들어왔다.

"이번 특강에는 현역 작가들이 많이 나올 거야. 문예지와 신춘문예로 등단한 작가들이야. 매 주마다 작가가 달라지고 자신들의 글쓰기 비법이랄까, 뭐 그런 것들과 너희들 작품에 대한 평과 직접적인 커뮤니케이션이 있어서 많은 도움이 될 거야."

원장님은 예전과 달리 말에 생기가 흘렀다.

"그래서 이번 특강에는 한 사람도 빠지지 말고 다 등록하기를."

원장님은 바쁜지 말을 마치고는 바로 나갔다. 물론 우리들에게 숙제를 내주고.

나는 원장님을 따라 나갔다.

똑똑똑.

원장실 문을 노크했다.

아무 소리도 들리지 않아서 문을 열었다.

"아, 죄송합니다."

다시 문을 닫는데 여우 목소리가 들렸다.

"그 아줌마 딸?"

"잠깐 나가고…… 들어오라고 해."

원장님의 목소리도 문이 닫히기 전에 들렸다.

"너, 들어가 봐."

여우가 고갯짓을 했다.

"왜, 무슨 일이야?"

원장님이 냉랭하게 말했다.

조금 전 여우의 허리에 손을 두르고 키스하던 남자 같지 않았다.

"저 특강 등록하지 않을 거예요."

"왜?"

이유는 많았다.

"학원비 때문에?"

원장님은 다 안다는 말투로 얘기했다.

"내가 특별히 50퍼센트만 받을게. 됐지?"

너무 실망스러웠다.

"싫어요."

난 원장님을 쏘아봤다.

"여기선 더 이상 배울 게 없어요."

"그래?"

"원장님!"

"뭐?"

원장님이 바쁜데 빨리 말하고 나가라고 했다.

"원장님, 왜 이름을 바꾸셨어요?"

로맨스 작가

"이게 뭐야?"

자다가 기지개를 펴려고 하는데 손톱의 해괴망측한 그림과 글자 때문에 눈이 번쩍 떠졌다.

오른쪽 손톱에는 검정색 해골들이, 왼쪽 손톱에는 빨간색으로 알파벳 N, E, M, E, S, I, S가 피처럼 흘러내렸다.

"네메시스?"

"응, 복수."

보경이가 무섭게 말했다.

"누구한테?"

보경이가 핸드폰을 내밀었다. 거기에는 보경이 남친 얼굴이 웃고 있었다.

"배신 때렸어?"

"죽여버릴 거야."

보경이가 대답 대신 의지를 드러냈다.

보경이 남친은 현재 대학생이다. 조금 있다가 군대도 가야 하고 보경이는 고3이니까 그만 만나는 게 좋다고 일방적으로 선언을 했다고 한다. 보경이의 전화, 문자 톡도 모두 씹었다고 했다. 여기에는 분명 뭔가 있을 거라는 보경이의 확신과 의심.

"대학생이면 사방에 예쁜 여잔데 고딩이 눈에 들어오냐? 그 정도면 오래갔네."

고딩과 대학생의 만남. 별로 이상적이지 않은 조합이다. 환경과 상황이 비슷한 게 중요하다.

로맨스의 법칙 중 하나. 어쨌든 자주 부딪쳐야 한다.

"기다려. 조금 있으면 너 발에 차이는 게 남자야."

"그건 그거고. 일단은 응징을 해줘야 해. 약속을 지키지 않았어!"

"너 몇 살이야? 좋을 땐 뭔 약속을 못해?"

실전보다 이론에 강한 나.

"그런 게 아니야. 적어도 내가 대학 갈 때까지는 기다려준다고 했어. 페어플레이."

"무슨 일 있는 거 아닐까?"

연애도 싫어질 만큼 심경에 변화가 오는 것?

"그 집 부모, 하는 일이 뭐야?"

"회사원. 엄마는 전업주부야."

보경이가 대답했다.

"회사? 무슨 회사?"

"은행이라고 했어. 그래서 아버지 성격이 정확하고…… 아침에 늦잠 자는 걸 제일 싫어한다고 했어."

"그래? 남친 카톡 사진, 바뀌었어?"

"응. 아무것도 없어."

"심경의 변화가 크네. 알겠다!"

"뭔데?"

"남친 아버지, 잘린 거야. 아마 명퇴 아닐까?"

경험자만이 아는 진실.

나는 이미 중학교 때 겪었다.

아빠가 대기업에서 잘리고 우리 가족 모두 우울증에 걸렸다. 삶이 한순간 추락했다. 오빠 역시 바이올린을 접어야 했다.

아빠의 잘못이 아닌데도 아빠는 죄인이 됐다. 죄인으로의 삶은 계속되고 있다.

이게 더 슬프다.

갑자기 내가 울컥해졌다.

가야 할 직장이 없는데도 나가야 하는 직장인처럼 학원이 아닌 다른 곳을 가야 했다. 무작정 길을 쏘다니기에는 너무 더웠다.

카페가 제일 좋기는 했지만 커피 한 잔을 마시며 밤 11시 넘어서까지 버틸 수는 없었다. 주인의 눈총을 모른 척할 만큼 뻔뻔해지고 싶지 않았다.

개념 없는 여자는 되기 싫다. 도서관. 거기는 너무 조용하고 언제 방귀가 나올지 몰라 불안했다.

자수를 하고 평화를 얻느냐? 그러려면 참혹한 전쟁을 겪어야 한다.

보경이한테 톡이 왔다.

― 어디?

― 왜?

― 우리 집으로 와.

― 도망쳤어?

— 아프다고 했어.

보경이는 무조건 빨리 자기 집으로 오라고 했다. 학교 근처에서 멀지 않은 보경이네 아파트로 갔다. 보경이는 벌써 와서는 옷도 갈아입고 있었다.

"우리 엄마 아빠 늦게 오잖아. 저녁까지 먹고…… 쉬다가 가."

천사였다.

"근데 너 괜찮아?"

실연의 아픔이 이렇게 금방 치유되지는 않을 텐데…….

"네 말을 들으니까…… 그럴 수도 있다는 생각이 들어서."

보경이는 얼른 일어나서 주방으로 갔다.

"오늘은 맛있는 거 계속 먹어보자."

보경이와 나의 취향. 스트레스 받을 때는 먹는 거로 푼다. 이래서 우리는 잘 맞았다.

"오일 스파게티로 시작해서 점점 자극성 있는 거로 달리는 거야."

보경이가 파스타 끓일 물을 받으며 말했다.

"오케이."

올리브 오일과 조개가 들어간 스파게티는 웬만한 레스토랑에서 파는 스파게티보다 훨씬 맛있었다. 올리브 오일에 마늘을 먼저 넣고 기름을 내면 그 향이 죽였다.

그때였다.

"뭔 소리 나는데?"

보경이가 주위를 둘러봤다. 내 휴대폰에서 울리는 보톡 소리였다.

수홍이였다.

"여보세요?"

수홍이 소리가 희미했다.

"여보세요?"

"나야. 안 들려?"

수홍이가 소리치는 게 조금 더 크게 들렸다.

"이제 들려. 웬일이야?"

"웬일은? 나 어디인 줄 알아?"

"어디긴? 집 아냐?"

"아냐. 나 미국 왔어."

"리얼리?"

나도 모르게 변변치 않은 영어가 튀어나왔다.

"응……."

"와이?"

"왜는, 공부하러 왔지. 나 여기서 수학 공부하기로 했어."

뭐야. 말 한마디 없이 미국까지 날아가다니…….

"나, 이제부터 공부하느라 정신없을 거야."

그래서 어쩌라고?

"첫 키스도 너였고…… 나 공부만 하고 갈 테니까…… 조신히 기다리고 있으라고……."

"와우! 좋아요."

옆에서 듣던 보경이가 대신 대답을 했다.

"누구야?"

수홍이가 물었다.

"친구."

"그래. 잘 부탁해요, 친구."

수홍이는 그 말을 남기고 톡을 끝냈다.

"앙큼한 것. 나한테 숨기고……."

보경이가 눈을 흘겼다.

스파게티와 아이스크림과 매운 떡볶이와 치즈케이크를 먹고는 나는 침대에 누웠고 보경이는 소파에 엎드렸다.

나는 밤의 일을 위해 눈을 감았고 보경이는 남친의 행적을 추적하기 위해서 카카오스토리와 페이스북을 파도 탔다.

자려고 해도 잠이 오지 않았다.

수홍이.

아무리 생각해도 내 남친으로는 어울리지 않았다.

열아홉 살.

알 거는 다 아는 나이다.

로맨스 설정에는 아주 잘 어울리는 관계.

남주의 아버지는 병원장, 여주의 아버지는 경비.

남주는 수학 천재, 여주는 베스트셀러 작가.

해피엔딩.

나는 눈을 감고서 로맨스의 시놉시스를 그렸다.

집 안이 어두웠다.

아빠 코 고는 소리가 들리고 엄마는 없었다.

거실의 불을 켰다.

엄마는 베란다에 앉아서 멍하니 밖을 내다봤다. 옆에는 술꾼처럼 소주병이 있었다.

"엄마!"

나를 바라보는 엄마 눈이 부어 있었다.

"울었어? 왜?"

"나 아무래도 돈 못 받을 거 같아."

"그게 무슨 말이야?"

"글 마음에 안 든다고 천천히 하래."

"잘됐잖아. 천천히 쓰면 되잖아?"

"아니. 그러면 돈은?"

"아빠 마트 다니잖아."

"오늘 계단을 헛디뎌서 반 깁스 했어. 저러고 어떻게 일을 해?"

자는 아빠한테 갔다.

이불 밖으로 깁스 한 다리를 높은 베개에 얹고 자고 있었다.

"매일 물리치료도 받으러 다녀야 해."

"다니면 되지."

"우리 집에 돈이 없어!"

엄마가 선언했다.

집구석에 돈 한 푼도 없는 집.

어쩌다가 우리 집은 이렇게 되고 말았을까.

깊은 생각을 할 여유도 없었다.

"내가 돈 줄게."

이제부터는 내가 모든 것을 책임질게, 하는 의무감이 담긴 무거운 목소리로 말했다.

"니가 무슨?"

"기다려봐."

전혀 생각지도 않았지만 믿는 구석이 떠올랐다.

1퍼센트의 가능성이라도 있어서 다행이었다.

하지만 될 거라는 근거 없는 확신.

"나도 돈 있으면 좋겠다."

엄마가 세상에서 제일 불쌍한 사람처럼 말했다.

"왜?"

"여행 가게……."

엄마는 여행이 무슨 구원이라도 되는 것처럼 말했다.

"꼭 가고 싶어?"

엄마는 어린아이처럼 고개를 끄덕거렸다.

"보내줄게."

나는 엄마처럼 말했다.

엄마와 나는 역할이 뒤바뀐 영혼처럼 돼버렸다.

"꼭 가보고 싶은 데가 있는데……."

"어디?"

"바다 오르간."

"그런 데가 있어?"

"크로아티아…… 그 푸른 바다를 보면서 파도가 부딪쳐서 내는 소리를 듣고 싶어. 들어볼래?"

엄마가 옆에 있던 핸드폰을 들고 뭔가를 찾기 시작했다.

크로아티아라니…….

너무하지 않은가.

엄마가 들려주는 동영상 소리는 밖에서 술 먹고 떠드는 어떤 미친 아저씨 때문에 제대로 들리지도 않았다.

"좋지?"

엄마가 애절하게 말했다.

좋기는 개뿔.

고작 그 소리를 듣자고 그 먼 곳까지 비싼 돈을 들여서 가다니…….

엄마는 제정신이 아님이 분명했다.

하지만 내가 한 말에 대한 책임은 지고 싶었다.

열아홉 살.

가장이 되기에 어울리지 않는 나이.

생각지도 않았던 로맨스 소설의 폭발적 반응.

그리고 계약.

앞으로의 희망.

미래에 대해 아무 생각 없었던 내게 다가와 준 행운.

베란다 밖의 하늘을 올려다보았다. 달이 예뻤다. 새침한 여자의 눈썹처럼 보였다. 미국에서 보는 달의 모양도 똑같을까.

"넌 남자 친구 없어?"

엄마가 뜬금없이 물었다.

"없어. 왜?"

"남자도 많이 만나 봐야 보는 눈이 생기는 거야."

그 말에는 그러지 않아서 아빠를 만났다는 뉘앙스가 풍겼다.

그러면 원장님은?

지금 아니면 엄마의 솔직한 대답을 들을 수 없을 거 같았다.

"원장님은?"

"누구나 하나씩 가지고 있는 비밀. 비밀은 그대로 밀봉돼 있어야 아름다운 법."

엄마의 얼굴에 쓸쓸함이 가득했다.

"그 사람인 줄 알았으면 절대로 가지 않았을 거야."

엄마는 시인이 된 원장님의 필명을 못 알아본 것이다.

"다시 그 얘기 꺼내지 마."

엄마가 단호하게 말했다.

추억이 추억으로 남겨지지 않았을 때 치르는 대가.

문득 그런 생각이 들었다.

"남자도 사랑도 좋지만 네가 하는 일은 포기하지 마."

엄마는 다시 엄마로 돌아왔다.

"엄마는 포기했어?"

"그랬지."

엄마가 아련하게 말했다.

"엄마는 작가가 되고 싶었어. 이십대 때 등단도 했는데……."

엄마가 망설이다가 입을 열었다.

"갑자기 임신을 했어. 그래서 결혼하게 됐고……."

처음 듣는 얘기였다.

"임신한다고 다 결혼하는 건 아니잖아?"

"그렇지…… 핑계지."

엄마가 웬일로 선선히 자신의 잘못을 인정했다.

"확신이 없을 때, 도망치고 싶을 때…… 핑곗거리가 생긴 거지. 내 꿈을 너희 때문에 접었다고 원망할 수도 있고. 참 어리석고 바보 같았어."

"그래서 후회해?"

"아니. 내가 이 세상에 태어나서 제일 잘한 일이 너와 오빠를 낳은 거야."

엄마가 희미하게 미소를 지었다.

"정말 그렇게 생각해?"

"응."

엄마는 또 어린아이처럼 고개를 끄덕였다.

눈썹 같은 달이 웃고 있는 것처럼 보였다.

책상을 정리하고 의자에 앉았다. 경건한 의식을 치르기 전 마음을 가다듬는 것처럼 심호흡을 했다.

통화하기 전 먼저 카톡을 보냈다.

난 예의도 챙길 줄 아는 여자다.

‒ 지금 통화 되세요?

‒ 네, 전화할게요^^

전화가 왔다.

"그러잖아도 전화하려고 했어요. 이심전심이네요."

"그러세요…… 네."

다행이었다.

"저기, 할 말이 있어서요."

나는 일단 선제공격을 하기로 했다.

싸움의 제1법칙.

"저, 계약금을 많이 받고 싶어요."

나중에 후회하기보다는 일단 저질러보는 게 나았다. 난 참고 기다리는 스타일은 아니다.

핸드폰 저쪽에서 웃음소리가 들렸다. 그것도 조용한 웃음소리가 아니라 빵 터졌을 때 나는 호쾌한 웃음소리.

기다렸다. 무슨 말이 나올지.

"얼마면 될까요?"

이건 많이 듣던 대사였다.

"지난번 무료 연재, 폭발적 반응이었잖아요. 이번 유료 연재 원고, 아주 좋아요. 대박 날 거 같아요."

딸랑.

머리에서 종이 울렸다.

혹시 꿈을 꾸는 건 아니겠지.

"정말요?"

"네. 바로 입금해드릴게요. 단, 조건이 있어요."

조건?

지금 조건을 따질 처지는 아니었지만 세상이 그렇게 호락호락하지 않다는 걸 알고 있었다.

족쇄를 찰 수는 없지 않은가, 내 나이에.

"뭔데요? 조건이?"

"연재 기한을 꼭 지키고요…….."

그다음 말을 바로 하지 않았다.

"그건 지켜요."

당연하지 않은가. 프로의 자세.

"다른 게 또 있어요?"

"저하고 매니지먼트 계약해요."

목소리가 그 어떤 때보다 신중했다.

"매니지먼트요?"

내가 연예인도 아닌데…….

"제가 작가님을 관리해드리는 거예요."

관리라고?

"작가님이 쓰시는 글, 잘 팔리게 하는 거죠."

작가님이란 말을 들으니 오글거렸다.

순간의 선택.

"좋아요."

난 의리 있는 여자다. 내가 처음 쓴 글을 인정해주고 돈을 주고 앞으로도 밀어주겠다는 데 거절할 이유가 없었다.

가슴이 벅찼다. 이런 날 축배라도 해야 하지 않을까.

하지만 아무도 없다.

남친에 가장 가까운 수홍이는 태평양 건너 저쪽에 있어서 달려올 수 없었다.

나의 가족.

아빠는 깁스를 한 채 잠들어 있다. 깁스 한 사람에게 술을 마시자고 할 수는 없으니까. 제정신이 아닌 것 같은 엄마와 술을 마셨다가는 어떤 불상사가 일어날지도 몰랐다.

외롭다.

가장 기뻐할 순간에 아무도 없다.

어차피 인생은 혼자 아니던가.

그래도 외롭다, 지금은…….

지금 미국이 몇 시인지도 모르는 채 카톡으로 수홍이를 찔러봤다.

— 자니?

대답이 없었다.

열아홉 살 가장

이번엔 온통 분홍빛 하트가 손톱마다 달려 있었다. 가운데는 번쩍번쩍 빛나는 큐빅까지 박혀 있었다.

"뭐야?"

이 유치찬란한 손톱을 하고 어떻게 손을 내놓고 다니란 말인지…….

"사랑의 기쁨."

보경이가 활짝 웃었다.

"뭔데? 새 남친이라도 생겼어?"

"나 순정녀야. 왜 이러셔?"

"그런데?"

"네 말이 맞았어. 너 역시 대단해. 역시 작가님은 다르셔!"

보경이가 애교를 떨었다.

"아버님이 갑자기 명퇴를 당하게 됐대…… 그래서 고향으로 내려가게 됐대. 거기 과수원이 있다나? 그래서 자기만 서울에 남게 돼서…… 일단 군대를 먼저 다녀오겠대."

"그래?"

"응. 공부에 전념하라는 거 진심이었대."

보경이는 완전 감동받은 표정이었다.

"오늘 내가 쏠게. 째자. 할 수 있지?"

"당연하지!"

보경이는 결의에 찬 표정으로 교실을 걸어 나갔다.

우리는 우리가 좋아하는 것들을 배불리 먹을 수 있는 패밀리레스토랑 뷔페로 왔다. 점심시간이 한참 지나서 손님도 없었다.

편안하고 느긋한 식사.

처음의 접시부터 가득 퍼 왔다.

"왜 갑자기 쏘는 거야?"

보경이가 입을 오물거리면서 물었다.

"돈 받았어. 계약금."

"오잉, 정말?"

입안 가득히 음식을 넣은 채 보경이가 입을 벌렸다.

"더러워. 입 좀 다물어."

눈을 흘겼지만 보경이는 얼음땡을 하는 것처럼 계속 그대로 있었다.

"야, 축하 포도주라도 마셔야 되는 거 아냐? 우리 집으로 갈까?"

보경이가 음흉한 미소를 지으며 눈을 찡그렸다.

"안 돼. 나 글 써야 돼."

"야, 너 되게 멋있어 보인다."

보경이가 바보처럼 말했다.

"난 이게 직업인 거야."

"직업? 이제 고등학생이 무슨 직업?"

"그러게. 그렇지만 그렇게 됐네."

좀 슬프기도 했다.

"아직 고등학생이니까 재미로 해도 되지 않아?"

"안 돼. 이게 어쨌든 돈을 주고 사는 거니까 무조건 재미있어야 돼."

"하기는…… 돈을 주고 산다는 게 함정이지. 나도 웹툰 유료로 샀을 때 재미없으면 짜증 나거든. 그러면 댓글에…….”

보경이가 말을 멈췄다.

갑자기 식탁 위에 진동음이 울렸다.

수홍이.

여기서 받고 싶지 않았지만 어쩔 수 없었다.

“여보세요?”

저쪽 소리가 잘 들리지 않았다.

몇 번의 여보세요를 외친 끝에 겨우 수홍이의 목소리를 희미하게 들었다. 거리만큼이나 멀게 느껴지는 목소리.

어떤 대화도 이어질 수 없는 상황.

얼른 보톡을 껐다. 대신 나중에 카톡으로 얘기하자고 보냈다.

“나, 좀 무섭기도 해.”

난 보경이한테 솔직히 털어놨다.

“뭐가?”

“계속 재미있게 잘 쓸 수 있을까?”

“쓰면 되지.”

“한두 번은 몰라도…… 계속은 자신 없어.”

“우리 얘기도 써.”

보경이는 자신들의 연애가 뭐 대단한 줄 안다. 하기는 다 그렇지 않을까. 내가 하는 사랑만이 이 세상에서 가장 특별하고 애절하다고…….

"크로아티아 여행 가려면 얼마나 들까?"

"왜, 가게?"

"아니. 그냥 물어보는 거야. 넌 작년 여름방학에 유럽 갔다 왔잖아."

"비행기 티켓만…… 이백?"

"그렇게 비싸?"

"그래도 이것저것 하면 삼백은 필요할걸."

도저히 불가능했다.

"왜?"

"우울증 걸린 어떤 여자가 거기에 가고 싶다고 해서…….."

"엄마?"

"어떻게 알아?"

"우리 엄마도 우울증 때문에 얼마나 돈 막 쓰고 다녔는데…… 여행에 가방에…… 갖가지 건강식품에…… 난리도 아니었어."

"너네는 부자니까 다 할 수 있잖아."

"부자? 난 우리 엄마처럼 해서 부자가 되고 싶지 않아. 어리석은 삶. 우리 엄마, 엄청 고생했거든. 새벽부터 밤늦게까지 가게에서 뼈 빠지게 일하느라 온몸이 골병들었다는 게 엄마의 레퍼토리야."

"그랬어?"

"어렸을 때부터 엄마가 차려주는 밥상, 이런 거 없었어. 악착같이 벌고 안 쓰는 스타일이었어. 그런데 한순간에 막 지르고 그러더라. 우리 집 베란다가 그득했어. 작은 슈퍼는 저리 가라 했지."

보경이가 웃었다.

"난 그래서 맹목적으로 돈만 많이 버는 거 의미 없는 거 같아."

"배부른 소리."

"아냐. 우리 엄마 불쌍할 때도 있어. 할 줄 아는 것도 없고 만날 친구도 없고…… 취미도 없고…… 돈이 있어도 행복하지 않아……."

"그렇지만…… 돈은 있어야지……."

나도 모르게 한숨이 나왔다.

"왜?"

"우리 집은 절대 빈곤층이거든."

"그 정도는 아니잖아?"

"그 정도야. 내가 왜 계약금을 많이, 먼저 달라고 했겠어?"

울컥해서 나도 모르게 그 말이 나왔다.

"당분간 엄마도 아빠도 돈을 못 벌어."

"열아홉 살 소녀 가장."

바로 나.

나는 나를 손가락으로 가리켰다.

"어쨌든 파란 바다를 보면 되잖아?"

나는 엄마에게 창 바로 앞에 파란 바다가 넘치는 콘도를 가라고
했다.

"진짜야?"

엄마가 믿을 수 없다는 표정을 지었다.

"어, 2박 3일이면 되잖아."

"정말? 네가 무슨 돈으로?"

"나 이제부터 돈 벌어. 많이 벌면 바다 오르간 보내줄게."

어린아이를 달래듯이 말했다.

"그 대신 노트북은 두고 가."

"알았어."

엄마는 긴가민가하면서도 좋아했다.

"아빠는?"

"잠깐 나갔다 온다고…….."

"병원은?"

"이제 괜찮대."

"뭐가 괜찮아? 매일 물리치료 받아야 한다며? 아직 병원 문 안 닫았지?"

나는 아빠에게 전화를 했다.

엄마와 함께 밖으로 나갔다. 아빠를 만나서 정형외과로 갔다.

"뭐 먹고 싶어?"

아빠의 치료가 끝나기를 기다리며 엄마에게 물었다.

"왜?"

엄마가 왜 그런 쓸데없는 걸 물어보냐고 쳐다봤다.

"고기 먹으러 갈까?"

엄마도 나처럼 고기를 좋아했다. 아빠는 소주의 안주로 최고인 고기를 매일 먹어도 질리지 않는 사람이다.

나는 보경이와 뷔페를 나온 지 얼마 되지 않아서 또 고기 뷔페를 갔다. 일인당 돈을 내면 무한으로 먹을 수 있는 고깃집. 우리 가족으로서는 최상의 선택이다.

"많이 먹어."

자리에 앉아서, 아직 아무것도 가져오지 않은 빈 테이블에서 말했다.

"네가 무슨 돈으로?"

아빠가 이상한 눈빛으로 물었다.

잠깐 망설였다. 사실대로 말해도 될까.

"나, 돈 벌어."

그게 무슨 죄를 짓는 것도 아닌데…….

오히려 칭찬받아야 될 일 아닌가?

"그래서 나 여행 보내준다는 거였어?"

엄마가 물었다.

참 일찍도 물어본다.

"무슨 일…… 하는데?"

아빠의 표정이 심각했다.

"시간당 얼마씩 받는 거…… 일만 힘들잖아. 그리고 고3이고 학원도 다니면서…….."

웬일로 아빠가 술도 마시지 않고 얘기했다.

"나, 학원도 안 갈 거야."

아빠가 남의 가게에서 땅이 꺼져라 한숨을 쉬었다.

"학원비 때문에?"

"돈도 아깝고. 특강이라고 두 배 내라잖아. 그러면 100만 원이야. 미쳤어."

또 화가 났다.

"그리고 중요한 건, 배울 것도 없고 문창과도 가고 싶지 않고……

아니 대학도 안 갈 거고…… 하고 싶은 거 따로 있어."

아직까지는 비밀로 하고 싶었지만 흥분하니까 나도 모르게 말이 튀어나왔다.

뭘 숨기지 못하는 여자.

"하고 싶은 게 뭔데?"

아빠가 다시 물었다.

"작가."

"그런데 왜 학원을 안 가?"

아빠는 이해할 수 없다는 표정을 지었다.

"그런 작가 아니라고. 재미도 없는 글 쓰는 작가가 아니라…… 돈 많이 버는 작가…… 웹 소설 작가."

에라 모르겠다. 나는 나의 정체를 밝혔다.

"그거 이상한 거 아냐?"

아날로그적인 아빠는 요즘 흐름을 잘 몰랐다. 그래서 하는 가게 마다 망해먹었는지도 몰랐다.

"나 벌써 돈도 받았어. 그래서 한턱내는 거야."

아빠의 표정이 좋지 않았다. 거의 화를 내지 않는 아빠지만 정말 화가 났을 때는 엄청 무서웠다. 지금이 바로 그때였다.

이럴 때 필요한 건 술이었다.

"아빠, 나 배고파."

나는 먼저 일어서서 고기를 가져왔다. 꼼짝 않고 앉아 있는 엄마 아빠 앞에서 혼자 고기를 올렸다. 집게로 뒤적여도 둘 다 가만히 보고만 있었다.

"엄마, 다른 것도 가져오고……."

아빠 몰래 엄마한테 사인을 보냈다. 술을 시키라는.

"아직 치료받고 있어서 술은 안 될 텐데……."

엄마가 작게 속삭였다.

"괜찮아."

그 소리는 용케 알아듣고 아빠가 소주를 시켰다.

나는 불을 세게 하고는 열심히 고기를 뒤집었다. 지글지글 타면서 고기는 맛있게 익었다.

배가 불러서 어떻게 먹나 했는데 고기 익는 냄새가 나니까 다시 식욕이 살아났다. 역시 고기 먹는 배는 따로 있다.

아빠는 드디어 소주를 마시기 시작했다.

"일주일 치료받으면 돼."

아빠는 고개도 들지 않고 말했다.

"열심히 일할 거니까…… 걱정 마."

아빠가 고해성사를 하듯이 말했다.

"누가 뭐래?"

엄마가 짜증을 간신히 숨기며 말했다.

"아직 충분히 일할 수 있어."

아빠가 소주잔을 테이블에 탁 내려놓으며 다시 말했다.

"쪽팔리고 그런 거 없어. 먹고사는 게 중요하지. 그까짓 체면이 뭐 밥 먹여줘?"

아빠가 저렇게 말하는 걸 보면 아직도 엄청 따지고 있다는 거였다.

일하다가 누군가 아는 사람을 만나면 어쩌나 하는 두려움.

고기 타는 냄새가 났다. 불이 너무 세서 불판이 다 탔고 더 이상 고기를 구울 수 없었다.

불판을 갈아주러 온 남학생은 나처럼 고등학생이었다. 아직 서툴고 어린 티가 났다. 그렇지만 멋져 보였다.

자기 스스로 돈을 번다. 이게 제일 중요하지 않을까.

왜 학생은 죽어라 공부만 해야 되냐고? 공부를 할 사람은 하고, 돈을 벌 수 있는 사람은 벌고, 손톱에 그림 그릴 사람은 그리고, 노래를 부르고 춤을 추고…… 마음에 드는 것을 하면서 살면 되지 않을까.

문자가 왔다.

― 드디어 올라갔어요, 작가님!

― 들어와 보세요!

나의 매니저였다.

작가님!

아직은 낯선 호칭.

하지만 기분은 좋았다.

"아빠, 나도 한잔만."

"그래. 술은 어른 앞에서 배워야지."

역시 아빠는 술에 관대했다.

"자, 한잔 마셔."

아빠가 빈 잔에 술을 따라주었다.

"건배할 거니까 당신도 받아."

아빠는 엄마 잔에도 소주를 따랐다.

"자, 건배!"

아빠가 잔을 들고 외쳤다.

소주를 마시는 건 처음이었다. 썼다. 저절로 인상이 찌푸려졌다.

인생의 맛.

그렇지 않을까.

그러니까 어른들은 그렇게 소주를 마셔대겠지.

난 아직 알코올 함량이 거의 없고 맛이 달달한 이슬톡 같은 걸 좋아한다. 수홍이랑 마셨던 흑맥주가 생각났다. 그리고…… 첫 키스의 과일 향기도…….

– 작가님!

다시 매니저에게서 톡이 왔다.

– 반응이 엄청 좋아요!!!
– 댓글도 장난 아니에요.
– 앞으로 잠잘 시간도 없을 거 같아요.

매니저는 내 답이 가기도 전에 마구 톡을 날렸다.

그러니까 계속 글을 쓰라는 얘기였다.

– ♡

나는 그렇게 답장을 보냈다.

열아홉 살.

고3이지만, 대학을 가지 않지만, 가장이 되었지만 나는 행복했다.

오늘은 이번 겨울 중 가장 춥다는 날이네요. 그래서 그런지 유난히 아침 커피 맛이 좋네요.

오늘처럼 추운 날에도 짧은 교복 치마에 스타킹을 신은 어린 소녀들을 보면 얼마나 추울까, 하다가도 참 좋은 나이고 부럽다는 생각이 들어요.

지금이 얼마나 예쁘고 좋은 나이인 줄 알았으면 좋겠지만 각자 생활의 고충이 있으니, 그렇지만은 않을 거예요.

모두 다 행복하고 잘 살아가기에는 이 세상이 그리 공평하지도 정의롭지도 않아서 화가 나고 좌절하고 부모를 원망하고 싶은 생각이 들기도 하겠지요.

　이 소설의 주인공인 나래 역시 그런 생각을 하고 있고요.

　대학을 가는 게 당연시 되는 현실입니다. 하지만 대학을 졸업하고는 더 혹독한 현실과 마주해야 하는 것이 슬픈 이 시대의 자화상이기도 해요.

　그래도 아직 어린 나이의 젊음과 희망이 앞으로 살아가는 삶에 힘과 용기가 되기를 바랍니다.

김경해

분홍 손가락

© 김경해, 2017

초판 1쇄 발행일 | 2017년 1월 31일
초판 2쇄 발행일 | 2019년 6월 27일

지은이 | 김경해
펴낸이 | 정은영
편 집 | 사태희
마케팅 | 이재욱 백민열 이혜원 하재희
제 작 | 홍동근

펴낸곳 | (주)자음과모음
출판등록 | 2001년 11월 28일 제2001-000259호
주 소 | 04047 서울시 마포구 양화로6길 49
전 화 | 편집부 (02)324-2347, 경영지원부 (02)325-6047
팩 스 | 편집부 (02)324-2348, 경영지원부 (02)2648-1311
E-mail | jamoteen@jamobook.com

ISBN 978-89-544-3712-7 (43810)

이 도서의 국립중앙도서관 출판예정도서목록(CIP)은 서지정보유통지원시스템
홈페이지(http://seoji.nl.go.kr)와 국가자료공동목록시스템(http://www.nl.go.kr/kolisnet)에서
이용하실 수 있습니다.(CIP제어번호: CIP2017001150)